포항지진과 지열발전

# 포항지진과 지열발전

여우와 두루미

'흔들리는 땅의 전율, 땅속 깊은 곳에서 올라오는 포효 소리… 성난 황소가 달려들거나 칼로 위협받거나 물에 빠졌을 때 느끼는 그런 공포가 아니다. 우주적인 공포다.'

—대지진이 자주 일어난 칠레 발파라이소에 대한 시인 파블로 네루다의 회고, 자서전 『사랑하고 노래하고 투쟁하다』에서.

# 차례

왜 산업통상자원부는 포항지열발전소 공사기간에 발생한 63회 유발지진을 포항시민에게 완전히 숨겨야 했는가?

전라남도 해남·완도·진도 지역구인 윤영일 국회의원(현 민주평화당)이 공개한 자료에 의하면, 포항지열발전소 공사 때문에 2017년 9월 16일 발생한 유발 미소지진과 11월 15일 발생한 규모 5.4 지진은 그 진앙의 위도(북위 36.12)와 경도(동경 129.36)가 모두 정확히 일치한다는 것을 알 수 있다. 그 밖의 유발지진들도 거의 일치하는 위치다.

| 발생일 | 발생시각 | 위도 | 경도 | 규모 |
| --- | --- | --- | --- | --- |
| 2017/03/09 | 02:24:31 | 35.82 | 129.78 | 2.0 |
| 2017/03/11 | 10:08:07 | 35.88 | 129.71 | 1.9 |
| 2017/04/15 | 11:31:13 | 36.11 | 129.36 | 3.1 |
| 2017/04/15 | 17:16:47 | 36.11 | 129.37 | 2.0 |
| 2017/09/11 | 16:19:24 | 36.11 | 129.35 | 1.5 |
| 2017/09/16 | 17:55:55 | 36.12 | 129.36 | 1.6 |
| 2017/09/29 | 21:14:37 | 35.86 | 129.68 | 1.8 |
| 2017/10/03 | 03:44:38 | 36.03 | 129.55 | 1.7 |
| 2017/11/15 | 04:55:15 | 36.11 | 129.36 | 1.6 |
| 2017/11/15 | 05:04:17 | 36.11 | 129.36 | 1.7 |
| 2017/11/15 | 14:22:32 | 36.11 | 129.36 | 2.2 |
| 2017/11/15 | 14:22:44 | 36.08 | 129.31 | 2.6 |
| 2017/11/15 | 14:29:31 | 36.12 | 129.36 | 5.4 |

진앙지가 완전 일치한 위도·경도: 윤영일 의원실 자료(기상청).
위 도표는 63회 유발지진의 일부이다

# 63회 유발지진들, 왜 숨겨왔나?

11·15 포항지진은 우리나라 여러 지역에서 가끔 발생했던 크고 작은 지진들과는 전혀 다른 차원의 새로운 과제를 남겨두고 있다. 현재 포항 시민들이 감당해 나가고 있는 '몸과 마음과 재산의 피해 복구'에 못지않게 중대한 그것은 '포항지진과 포항지열발전소'의 상관성에 대한 문제로서, 더 정확히 말하면 포항지열발전소에 의해 유발된 지진일 가능성이 높다는 주장을 뒷받침할 만한 근거들이 존재하고 있다는 것이다.

가장 결정적인 근거들은 포항지열발전소가 2016년 1월부터 2017년 9월까지 시험한 지하 시추공 물 주입과 배출의 과정에서 무려 63회의 유발지진이 발생했는데 이 엄청난 사실들을 5.4 강진이 터진 그날까지도 포항시민 어느 누구도 모르게 감쪽같이 숨겨왔다는 것이다. 그중에는 규모 3.1의 지진도 있었고 규모 2.0을 넘은 것만 해도 10회였다. 1.0 이하의 진동은 통계에 포함되지 않았음을 고려하면 얼마나 많은 미소진동이 발생했는지를 상상하기란 어렵지 않다. 더구나 그때는 세상이 혼란스러운 시기도 아니었다. 박근혜 대통령 탄핵 1차 촛불집회가 열린 때가 2016년 10월 29일이었으니……

산업통상자원부와 기상청과 포항지열발전 건설업체 넥스지오는 처음에 유발지진이 몇 차례 발생한 시점에서 당연히 그것을 공개하고 세계적인 사례들과 비교해가며 올바른 대책을 세우는 일에 돌입했어야 했다. 그러나 유발지진 발생 사실을 시민들에게 철저히 숨기는 가운데 시험가동을 계속했고 유발지진은 계속 발생했다. 대형 인재(人災)를 불러들이기로 작정한 듯이 '대범한 사람들'의 참으로 '대담한 행동'이었다. 황일순 서울대 교수(세계원전수명관리학회 회장)는 이렇게 말했다. 〈조선일보 2017. 11. 27〉

"지열발전소가 지진 유발에 영향을 끼친다는 것은 이미 다른 외국 사례에서 알려져 있었다. 지열발전소 주위에서 미소(微小) 지진이 발생한 데이터가 나오고 있어서, 나도 2년 전부터 포항지열발전소를 관심 있게 지켜봤다. 여기서도 미소 지진이 분명 있었을 거다. 하지만 정부는 이를 공개하지 않았다. 외국 데이터에서는 그런 연관성을 보였기 때문에 전문적으로 검토해봐야 했다. 또 이런 사실을 알리고 주민을 감시단에 참여시켜 투명하게 해야 했다."

이것이 대단한 주장인가? 아니다. 그냥 '상식'이다. 문제에 대한 정보를 공개하고 주민들과 투명하게 숙의해야 했다, 이것이 상식 아닌가? 황 교수도 포항지열발전소에서 유발한 63회 지진에 대한 정보가 전혀 없어서 '미소 지진이 분명 있었을 것'이라고 추측을 했지만, 그때의 정부와 업체가 쳐다보지도 않은 '상식'부터 일러준 것이다.

포항지열발전소 물 주입과 배출 과정에서 크고 작은 유발지진이 63회나 발생했다는 사실은 어떻게 해서 국민 앞에 공개될 수 있었는가? 산업통상자원부가 은폐하고 있던 그 자료를 백일하에 드러낸 것은 포항과는 아무런 상관도 없는 국민의당 윤영일 의원과 더불어민주당 김성수 의원이었다.

하인리히 법칙(Heinrich's law)은 대형사고가 발생하기 전에 그와 관련된 수많은 경미한 사고와 징후들이 반드시 존재한다는 것이다. 산업재해가 발생해 중상자가 1명 나오면 그 전에 같은 원인으로 경상자가 29명, 같은 원인으로 부상을 당할 뻔한 잠재적 부상자가 300명 있었다는 원리이다. 그래서 하인리히 법칙은 '1:29:300법칙'이라고도 부른다. 큰 재해와 작은 재해 그리고 사소한 사고의 발생 비율이 1:29:300이라는 것이다.

이를 포항지진에 대입할 수 있다. 2017년 11월 15일 5.4의 본진이 발생하던 그날 전진 6회를 제외하고도 물 주입과 배출 과정에서 발생한 규모 3.1의 큰 경고와 규모 2.0 이상 10번의 중간 경고, 1.0 이상 1.9 이하의 작은 경고가 52번 있었다고 볼 수 있다.


## 지열발전의 유발지진, 외국사례들도 있었다

2009년 미국 샌프란시스코 북쪽 120㎞ 거리에 위치한 더 가이저(The Geysers) 지역의 세계 최대 규모 지열발전 사업은 진동이 발생해 주민 반발을 불러일으켰으며, 결국 2016년 12월 인근에서 규모 5.0의 지진이 발생했다.

석유 채굴 목적이지만 포항지열발전소가 적용한 기술

인 이지에스(Enhanced Geothermal System: 인공저류지
열발전방식)와 비슷한 원리로 땅에 물을 주입해온 오클라
호마주에서는 천문학적인 수의 미소진동에 이어 결국 최
고 규모 5.6의 지진이 일어났다. 2011년 오클라호마주 프
라그(규모 5.6)나 콜로라도주 트리니다드(규모 5.3)에서는
상당한 피해가 발생했다.

　미국 중부와 동부에서는 1973년부터 2008년까지 한해
평균 규모 3.0 이상 지진 발생이 21건에 불과했다. 하지만
석유 채굴이 활발해진 2009년부터 2013년까지 연평균 99
건으로 급증했으며, 2014년에는 한 해에 659건으로 늘어
났다. 그중 상당수가 유발지진으로 의심받고 있다.

　지열발전소에 의한 대표적 유발지진 의심 사례가 일어
난 스위스의 바젤시는 2006년 12월 규모 3.4 지진이 발생
하자 건설을 영구 중단했다. 동부 지역인 장크트 갈렌 시
에서는 2013년 지열발전소 건설을 위한 시추작업 중 규모
3.6의 지진이 발생해 사업이 중단됐다. 당국은 긴급 위기
대응팀을 파견하고 즉시 시추공에 돌과 흙을 투입했다. 사
업 중단은 당연한 결과였다.

　독일 란다우인데어팔츠에서는 2009년 8월에 규모 2.7

이, 프랑스 알사스 주의 술츠 수포레에서는 2003년 지열 시추공 2개를 뚫은 뒤 규모 2.9 지진이 각각 발생했다. 호주에서도 쿠퍼 분지의 사막에 시추공 2개를 뚫자 2003년 12월 지진이 잇따랐으며 최대는 규모 3.7이었다.

이처럼 지열발전소 건설 및 가동 과정에서 유발지진의 의심사례는 세계적으로 충분히 확인되었다. 그 결과 관련 시설의 부지 선정 과정에 적용할 프로토콜이 제정돼 주거지역과의 거리와 지반에 대한 기준도 제시돼 있다. 하지만 한국에서 처음으로 시도된 포항지열발전 사업의 추진과정에서 정부와 기업 등 참여주체는 포항시민에게 어떤 정보 제공도, 여론 수렴 노력도 기울이지 않았다. 뿐만 아니라 강진 발생 후 여러 의혹에 대한 언론의 취재에 대해 거짓말과 변명, 말 바꾸기와 쟁점 회피 등 심각한 모럴 해저드 상태를 노출하기도 했다.


## 2017년 11월 15일 오후 2시 29분 31초

먼저, 느닷없이 땅속에서 괴이한 포효 소리가 올라왔다.

"우르르르 쿠구구궁 쾅-"

"쿠궁, 크슈슈슈슝 쾅-"

곧 이어, 건물들이 무너질 것처럼 격렬히 흔들렸다.

맨발로 아파트를 뛰쳐나온 중년 아주머니의 얼굴에도, 바지를 제대로 입히지 못한 젖먹이를 들쳐 업은 채 발을 동동 구르는 새댁의 얼굴에도, 불과 몇 분 전까지 누렸을 보일러집의 온기는 어른거리지 않았다. 언뜻 경험했을 '우주적인 공포'의 흔적만 역력했다. 겨울이나 다름없는 쌀쌀한 늦가을 포항의 거리는 자연에 의한 핍박을 막 경험하고 몸서리치는 사람들로 넘쳐났다.

2017년 11월 15일 포항지진은 대한민국 재난사에 이름을 크게 올렸다. 기상청에 따르면 본진은 오후 2시 29분 31초에 규모 5.4로 측정됐다. 이는 충남 홍성 지진이 일어난 1978년 대한민국 지진 관측 이래 최대인 2016년 9월 12일 경북 경주(오후 8시 32분, 남남서쪽 8km) 규모 5.8 지진에 이어 두 번째가 됐다. 하지만 피해는 역대 최대 규모였다.

앞서 이날 오후 2시 22분 32초 포항 북구 북쪽 7km 지역에서 규모 2.2에 이어 44초에 2.6의 지진이 발생했다. 전진 횟수는 기상청에 의해 2회로 발표됐지만 진앙지 인근에서

월성원전의 내진 보강 설계 조사를 의뢰받은 부산대학교 연구팀은 나중에 총 6회라고 주장했다. 김광희 교수는 본진 발생 9시간여 전인 15일 새벽 5시 4분, 지하 4.5㎞ 지점을 비롯해 4회의 전진이 추가로 관측됐으며 규모는 모두 2.0 이하로 추정했다.

여진도 이어졌다. 오후 2시 32분 59초의 규모 3.6 이후 2~3 사이의 지진들이 이어지다 4시 49분에는 4.3의 지진이 또 다시 들이닥치기에 이르렀다. 기상청에 따르면 2018년 1월 10일까지 포항지진의 총 여진 발생 횟수는 77회이며 2.0~3.0 미만 70회, 3.0~4.0 미만 6회, 4.0~5.0 미만 1회를 기록했다.

본진 발생 직후, 오후 3시 무렵부터 포항의 주요 간선도로와 고속도로 포항요금소를 비롯해 곳곳에서 도시를 벗어나려는 차량들이 북새통을 이루고 있었다. 탈(脫)포항 대열에 합류하지 않고 집에 남아서 정신을 가다듬은 시민들은 너도나도 텔레비전을 켰다. KBS와 MBC 노동조합의 파업으로 지상파 방송이 파행을 겪고 있는 가운데 종합편성채널들이 마치 게릴라를 연상케 하는 활약에 나서기 시작했다.

포항시 북구 환여동 대동빌라 붕괴현장(사진 제공 뉴스1)

## 포항 지진
### 시간대별 발생 현황
*15일 오후 3시30분 현재*

텔레비전 화면에는 진앙지 부근인 북구 흥해읍 일대의 파손된 주택과 상가, 차량 등 피해 상황에 이어 포항의 원도심에 인접한 포항고등학교 옆 입시학원 빌딩의 지붕 구조물 붕괴 현장 등 위험하고 긴박한 장면들이 이어졌다. 가장 피해가 컸던 흥해읍, 그 실내체육관으로 이재민들이 말 그대로 물밀 듯이 몰려드는 장면도 나타났다. 각종 매체들은 속보를 쏟아냈다.

"포항 지진으로 대전·세종·천안서도 수초간 흔들림 감지(속보)(끝) 14:33" "인천소방본부 '포항 지진 여파 흔들림 신고 접수 잇따라'(속보) 14:40" "경남 전역서 강한 진동…10분만에 문의전화 수백통(1보) 14:45" "발빠른 투자자들…포항 지진에 지진 테마주 급등 14:54" "한수원 '경북 지진에도 원전 운영 이상 없어' 14:55" "서울서도 지진 감지…일부 사무실 책상 등 흔들리기도 14:58" "행정안전부, 중앙재난안전대책본부 구성(1보) 14:59" "이총리 '지진 긴급지시…전 행정력 동원해 피해자 구조지원' 15:18" "한수원 '지진에도 원전 24기 모두 정상 운전'"(종합) 15:21" "文대통령, '귀국길 전용기서 포항지진 상황 보고

받아'(속보) 15:26" "소방청 '오후 3시 현재 포항 지진피해 경상 4명, 구조 17건'(속보) 15:32" "김부겸 행안부 장관, 지진 수습 위해 포항 이동(속보) 16:23" "포스코 '지진에도 제철소 가동 이상 없어' 16:25" "외신들도 신속 보도…'지진 드문 한국을 강타' 17:40"

소방방재청은 오후 2시 35분 기준으로 전국에서 119에 신고된 지진 감지 건수가 3천823건으로 집계됐다고 밝혔다. 경기도 기흥과 화성 삼성전자·SK하이닉스의 반도체 생산라인은 '지진에도 차질 없는 듯'이라는 단신에 이어 소방청을 통해 '오후 3시 현재 포항 지진피해 경상 4명, 구조 17건'이라는 피해 집계가 최초로 확인됐다.

산업통상자원부는 백운규 장관 주재로 오후 2시 50분께 서울-세종 간 화상 간부회의를 통해 산업과 에너지 시설의 안전상황과 대책을 점검했다. 산업부는 지진으로 인해 원전, 전력, 가스, 석유 시설이 큰 피해 없이 모두 정상 가동되고 있지만 포항공과대학교에서 정전이 발생했고 한전의 포항 흥해변전소 인근 변압기에 이상이 발생했지만 복구했다고 설명했다. 전국의 송유관은 '규모 5.0 이상 지진 발생 시' 지침에 따라 안전을 위해 차단됐다.

코레일의 경부고속선과 경부선 등 포항 일대의 일부 구간에서는 열차가 서행 운행에 들어갔다. 국토교통부도 규모 5.0 이상의 지진 발생 시 절차에 따라 중앙사고수습본부를 구성하고 대응에 들어갔다. 해병대는 '포항의 1사단에 피해가 없으며 1천600여명의 장병이 대민 지원 출동태세에 들어갔다'고 밝혔다.

포항교육지원청은 지역 유치원과 초·중학교에 16일과 17일 이틀 동안 휴업령을 내렸다.


## 수능 연기 전격 결정

16일 예정된 2018학년도 대학수학능력시험을 앞두고 5.4 본진이 강타할 당시 포항의 수능 시험장 14개 학교의 운동장에서는 오후 2시부터 예비소집이 한창 진행되고 있었다. 수능이 하루 앞에 닥친 가운데 이 지역 6천여 고3 수험생들이 받은 공포는 다음날 지역 일간신문의 1면 머릿기사 사진으로 큼지막하게 실려 다시 한번 당시 상황을 생생하게 실감케 했다.

계속 되는 여진의 공포 속에서 과연 다음날 안전하게 인생 일대의 중대사인 시험을 치를 수 있을지, 뒤흔들려버린 컨디션으로 당장 오후부터 마지막 수능 공부를 제대로 할 수 있을지, 학생과 학부모 모두의 마음은 새까맣게 타들어 갔다. 하지만 이런 걱정은 흥해읍을 중심으로 보금자리가 파손된 이재민 수험생의 가정에 비하면 아무 것도 아니었다. 생생한 지진의 공포와 함께 곳곳에서 16일 수능을 강행하는 데 대한 반대 목소리들이 고개를 들기 시작했다.

하지만 교육부는 오후 3시 30분 무렵 주요 매체를 통해 '포항 등 전국에서 수능을 예정대로 진행할 것'이라는 방침을 알렸다. 16일 여진 가능성에 대해서는 비상대책회의를 열고 있으며 시·도 교육청을 통해 사전에 공지한 지진 대응 매뉴얼을 다시 점검할 계획이라고도 밝혔다.

만일 교육부가 이 방침을 그대로 강행했더라면 어떻게 됐을까? 필경 진보 성향인 문재인 정부는 두고두고 수능 약자인 포항의 지진 피해 수험생과 학부모는 물론 전체 포항 시민들에게 자연 재해에다 불균등한 교육 재앙까지 안겼다는 비난을 받는 운명이 됐을 것이다.

하지만 곧 기적 같은 일들이 벌어지기 시작했다.

'긴급 전수점검 결과 시험장인 포항고, 포항여고, 대동고, 유성여고 등에서 균열이 발생했으며 예비시험장인 포항 중앙고에도 일부 균열이 발생하고 그 외 학교에도 일부 피해가 보고됐다'는 보도가 오후 7시 40분 무렵 나오기 시작했다. 수능시험장인 12개 학교 교장과 경상북도교육감 등은 긴급회의를 열어 '시험 불가' 결정을 내린 다음 정부에 알렸다는 소식도 전해졌다.

오후 8시 20분 김상곤 부총리 겸 교육부 장관은 정부서울청사에서 긴급 기자회견을 열어 수능 1주일 연기 결정을 공식 발표했다. 이는 1994년 수능 도입 이후 처음 있는 일로서 지진 피해 수험생과 학부모들이 재난 발생 6시간 만에 지진과 수능의 겹 공포에서 풀려나는 순간이었다.

15일 포항에 급파돼 상황의 심각성을 직접 확인한 김부겸 행정안전부 장관 겸 중앙재난안전대책본부장의 16일 정부서울청사 브리핑은 우리 아이들의 미래에 대한 살뜰한 마음들에 깊이 각인되기에 충분했다.

"포항 수험생도 우리의 아이들입니다. 누구도 그들에게

일방적 희생을 강요할 수는 없습니다. 그래서 교육부 장관님께 즉각 상의를 드렸습니다. 그런 내용을 교육부총리께서 대통령님께 사실 그대로 보고 드렸고 대통령님께서 수능 연기를 즉각 재가해주셨습니다."

대통령에게 모든 공을 돌리는 정치가 출신 각료들의 상투적인 수사로 볼 수만은 없다. 부산에 본사를 둔 국제신문 김태경 기자는 11월 28일 '내가 겪어봐서 아는데, 수능 연기 시킨 문 대통령의 한마디'의 제목으로 기사를 실었다.

"여기 계신 분들 중에 지진 겪어본 사람 있습니까?" 지난 15일 경북 포항에서 강진이 발생한 직후, 동남아시아 3개국 순방에서 돌아오자마자 수석·보좌관 회의를 주재한 문 대통령은 "대학수학능력시험을 연기해야 하지 않겠느냐"라는 얘기부터 꺼냈다. 문 대통령이 첫 마디부터 수능연기를 꺼냈지만 그 자리에 있던 참모들 모두 "수능 연기는 절대 안된다"고 반대했다. 문 대통령은 참모들에게 "지진을 겪어봤냐"고 되물으며 수능을 연기할 필요성을 제기했지만 참모들은 여진 우려보다는 수능을 차질 없이 치를 수 있는 대책마련에만 집중했다 …… 2시간이 채 안 되는 시간 동안 결정이 뒤집어져 교육부가 오후 8시 20분께 수능 연기를 발표한 것을 고려하면 문 대통령의 빠른 판단과 지시가 없었다면 불가능했다는 평가다. 정부 발표는 8시20분이었지만 실제 문 대통령이 수능연기를 지시한 것은 7시 20분께였다. 문 대통령의 지시 이후 1시간여 동안은 교육부 내에서 수능연기 관련 기자회견문 작성 등 서류작업에 시간이 걸렸다. 수보회의에서 문 대통령은 이번 지진은 책상에 앉아서 대책마련을 할 것이 아니라 현장에 나가보고 현장의 판단에 따라야 한다는 점을 강조했고, 이에 포항 강진 현장으로 내려간 김부겸 행안부 장관이 도저히 다음날 시험을 치를 수 없는 현장분위기를 청와대에 전하면서 1시간 30분여 만에 청와대 내부 참모들의 기류도 바뀌었다. 결국 김수현 사회수석이 순방에서 돌아와 관저에서 저녁식사 중이던 문 대통령에게 보고하러 가겠다며 전화를 했지만, 문 대통령은 수능 관련 문제라는 얘기에 전화로 바로 결정하자고 말해 수능을 연기하기로 한 것이다.

하지만 한번 닥친 지진의 몹쓸 악령은 끝까지 수험생들

을 놓아주지 않았다. 대학수학능력시험을 하루 앞둔 22일 오후 12시 41분 46초, 포항에는 또다시 전진 발생 후 규모 2.5의 여진이 27시간여 만에 발생했다. 다행히 수능시험일인 23일 하루 내내 우려했던 상황은 일어나지 않았다.

## 지진 피해라는 눈덩이

포항시민이라면 누구나 경험했을 불안한 첫밤을 보낸 16일 날이 밝자 비로소 도시 전체가 전날 당한 피해의 윤곽이 모습을 드러냈다.

중앙재난안전대책본부가 이날 오전 6시 기준으로 발표한 '경북 포항 지진 발생 및 대처상황 보고'에 따르면 부상자 수는 57명으로 잠정 집계됐다. 이들 중 10명은 병원 입원 치료 중이었으며 47명은 귀가했다.

지진 이재민은 1천536명으로, 15일 오후 10시 당시에 비해 200명 이상 늘어났으며 흥해 실내체육관 등 27곳에 대피했다. 잠정 집계된 민간인 시설 피해는 1천197건. 그중 주택 피해는 1천98건으로 완전히 부서진 경우가 3건,

절반 피해 219건, 지붕 파손 876건이 파악됐다. 상가 84곳, 공장 1곳 등도 피해시설에 포함됐다. 차량 파손은 38대로 나타났다.

공공시설 피해도 드러났다. 학교건물 균열 32건을 비롯해 포항 영일만항 등 3개 항만에서 13건의 콘크리트 균열이 확인됐고 국방시설 38곳도 피해를 입었다. 대구~포항 간 고속도로 교량 4곳의 받침 등 11곳이 파손됐다. 상하수도 등 시설 6곳, 상수관 누수 45건 등도 파악됐다.

포항시가 오전 6시를 기준으로 잠정 집계한 지진 피해액은 69억1천100만원. 이 가운데 사유시설 피해가 1천213건으로 45억1천100만원, 공공시설 피해가 134건 24억원으로 파악됐다.

나중에 이주 대상에 포함시킨, 복구 불능 수준으로 심각한 피해를 입은 아파트와 단독주택은 주로 흥해읍과 환호동 등 북구에 집중됐다. 가장 피해가 큰 흥해읍 대성아파트 170가구, 경림 소망뉴타운 90가구, 환호동의 대동빌라 75가구 외에도 흥해읍 단독주택 36채와 원룸 16곳 등 394가구의 주민들은 아예 보금자리를 포기하고 친척집이나 임시 대피소에 거처를 정했다.

포항시가 급하게 마련한 흥해실내체육관 등 임시대피소는 열악한 수용 능력을 그대로 드러내 이재민의 불편과 보는 이의 안타까움을 더했다. 연합뉴스 11월 16일 〈르포〉는 '집에는 언제, 한숨에 넋두리 가득한 흥해 대피소'(김용민 최수호 기자)의 제목으로 이재민들이 겪고 있는 고통의 일단을 전하고 있다.

16일 지진 대피소가 마련된 경북 포항시 흥해읍 실내체육관. 전날 발생한 규모 5.4 강진에 따른 건물 붕괴 위험으로 집에 들어가지 못하는 주민 800여명이 이틀째 삼삼오오 모여 걱정 어린 눈빛을 주고 받았다. 바깥은 겨울을 방불케 할 만큼 추운 날씨를 보였으나 실내는 다소 견딜 만했다. 새마을회 등에서 나온 자원봉사자들은 식사 시간에 맞춰 따뜻한 국과 밥, 반찬을 식판에 담아 주민들에게 건네주고 있다. 일부 주민은 밤새 뜬눈으로 지새운 탓인지 모포를 덮어쓴 채 늦은 잠을 청하고 있었다. 모두 하룻밤 사이에 적잖이 초췌해진 모습이었다. 난생 처음 겪는 일이다 보니 일부 고령의 주민은 대피소 생활에 제대로 적응하지 못하고 있다. 대피소 한쪽에 있는 약품 지급소에는 가슴이 답

11월 15일 흥해실내체육관에 마련된 임시대피소로 피신한 이재민들 (사진 제공 뉴스1)

답하고 머리가 아프다는 증상을 호소하며 약을 타가는 주민이 적지 않다. 추위를 피할 수 있는 모포와 내의는 물론 세면도구와 속옷도 지급해 주고 있으나 막상 몸을 씻을 공간이 부족해 이만저만 불편한 게 아니다. 흥해실내체육관에는 세면장이 한 곳밖에 없어서 바로 옆 흥해읍사무소 세면장까지 북새통을 이룬다.

실내구호소에 대피한 이재민 수는 최대 1천797명까지 늘어났다가 귀가가 늘고 정부와 포항시, LH공사가 협력해 임대주택과 조립주택을 공급하면서 지진 발생 한 달 뒤인 12월 14일에는 558명으로 줄어들었다.

12월 6일 행정안전부 중앙재난안전대책본부는 포항 지진의 재산피해액이 2개 시와 도, 9개 시, 군, 구를 통틀어 모두 551억원이라는 최종집계결과를 발표했다. 이중 포항의 피해액은 546억원. 사유시설은 주택 전파 331동, 반파 228동 등 모두 294억원에 이르렀다. 공공시설도 학교 126억원, 항만 24억원 등 257억원으로 집계됐다.

하지만 포항지진으로 인한 이 같은 재산 피해도 시민 한 사람 한 사람의 마음속에 켜켜이 남긴 재앙의 그을음에 비할 수는 없다. 지진체험담이 그 트라우마 속에서 이어졌다. 아파트 방안에 혼자 남아 있다가 지진의 충격으로 문틀이 뒤틀리는 바람에 몇 시간을 공포 속에서 갇혀 있었다, 불이 꺼진 채 멈춰선 엘리베이터 안에서 유원지의 놀이기구인 '탬버린'에 탄 듯 아래위로 털어 내듯이 흔들어댔다, 아파트 25층 고층에서 장식장의 유리잔이 깨지는데……. 모든 포항시민의 마음에는 크고 작은 흉터가 남겨졌다.

회원수가 65,000여명인 인터넷 카페 '포항맘놀이터' (http://cafe.naver.com/phmomstory)에 실린 주부들의 지진 경험담에는 사지에서 더 죽지 않는 모성애가 비춰져

있어 더욱 안타깝다.

 '아이들 노는 것도 지진대피놀이 하면서 놀아요. 웃프기도 하고 뭔가 씁쓸한 기분이 드네요'
 '지진 후 애기가 좀 괴팍해진 거 같아요'
 '남편 야간이라 지진 이후 아기랑 둘이서 처음 보내는 밤, 소원 빌었어요. 더 이상 지진 오지 말라고'
 '지진 날 때 아이들 위해서라도 엄마들 소리 지르심 안돼요'
 '차라리 아이가 나랑 있을 때 지진이 왔으면'
 '윗집 쿵쿵 걸음소리에 지진 왔나 싶어 심장이 쫄깃하네요'

 '고마운 분 찾습니다'라는 사연은 당시 젖먹이를 가진 주부(wool****, 11/17)가 홀로 겪은 절박함과 도움을 준 이의 따뜻한 얘기가 담겨져 조회 수가 급상승했다.

 "지진 일어난 직후에 도움 주셨던 감사한 분 찾고 싶어서 포놀카페에 글을 쓰게 됐어요. 저는 지진 일어날 때 60일 다 돼가는 아가랑 둘이 집에 있었어요. 작은 지진 두번을 느끼고 남편한테 전화하면서 창밖만 보고 떨고 있었어요. 그 이후에 큰 지진이 오고 정신 없이 아기만 안고 실내화 신고 뛰어나갔어요. 그래서 저도 옷을 제대로 안 입고 있었지만 애기도 완전 얇은 옷 입고 있었고 얇은 속싸개 하나 덮고 있었어요. 저는 정신 없이 울고 있었고 집에 다시 들어가서 옷 챙겨 나올 용기도 없었어요. 다시 생각해도 끔찍하네요. 그런데 애기띠로 아기를 안고 짐을 챙겨서 나온 그분이 저랑 아기를 보시고는 '아기 너무 어린데 너무 추울 거'라고 하시면서 챙겨나오신 아기옷 바지를 나눠주셨어요. 저는 '감사합니다' 하면서 바지를 받았지만 손이 떨리고 계속 눈물이 나서 입히지 못하고 있었어요. 그런데 그분이 바지 입혀주시면서 애기도 속싸개로 잘 덮어 주셨어요. 그리고 같이 대피하자고 하시면서 같이 가자고 해주셨어요. 어떻게 그렇게 해주실 수 있는지. 그분도 아기를 안고 있었고 정신 없으셨을 텐데. 저는 친정엄마 아빠가 오고 있어서 괜찮다고 말씀드리고 어디 사시냐고 여쭤봤는데 407동 산다고 하셨어요. 그 단서밖에 없네용. 진짜 진짜 너무 감사해요. 정말 고맙습니다. 덕분에 다행히 아기 감기 안 걸리고 잘 있어요. 이 글 보시면 댓글이나 쪽지 꼭 남겨주세요 꼭이요♡"

그 아래 58개의 댓글이 달렸다. 그 중 하나.

'좋으신 분들 많아요. 저도 70일 아기 안고 '도와 주세요
~~'했더니 주민분들이 아기띠도 해주고 제게 옷도 입혀주
셨어요. 너무너무 감사했어요.'

## 포항의 땅속에서 과연 무슨 일이?

지진 발생 후 최대 피해지역인 포항에서 미증유의 재난
에 직면한 인간들이 모든 역량을 인명 구조와 대피, 피해규
모 파악과 긴급복구, 수능 대책 등 당장 급한 일에 집중하
고 있을 때 지진에 동반한 이상한 자연현상들이 발견되기
시작했다.

우선 흥해읍 망천리를 비롯해 진앙 반경 2㎞ 이내의 논과
밭에서 지표면 아래에서 솟아 오른 흙탕물이 곳곳에 모래
와 자갈 등 잔해를 남긴 현장이 주민들에 의해 목격됐다. 심
지어 '지진이 일어나고 집 밖으로 나와 보니 흙탕물이 여러
곳에서 사람 허리 높이만큼 올라왔다'는 얘기마저 나왔다.

포항 흥해읍 들판에서 액상화 현상을 조사 중인 전문가들(사진 제공 뉴스1)

국제신문은 11월 18일 지면에서 '부산대 손문 지질환경
과학과 교수 연구팀이 17일 현장 조사를 한 결과 진앙 주
변에서 국내 지진 관측 사상 처음으로 액상화 현상을 확인
했다'고 보도했다. 액상화는 강한 지진의 충격으로 지하수
가 주변 점토나 모래를 흡수하고, 이 흙탕물이 지표면 밖으
로 분출되는 현상이다.

액상화를 조사하려고 전국의 연구진은 물론 취재진도
몰려들었다. 같은 현장은 송도해수욕장 솔숲 등 거리가 떨
어진 남구 곳곳에서도 속속 확인됐다. 포항지진의 큰 피해

가 액상화의 결과이며 건물 추가 붕괴를 유발할 수 있다는 분석과 추측도 확산됐다. 포항시민들의 불안은 한층 고조되고 관련 당국은 민심 악화로 이어질까봐 전전긍긍했다.

행정안전부는 12월 1일 오전 서울정부청사에서 '포항지진 액상화 관련 중간조사 결과 브리핑'을 열고 "포항 지역 10곳을 시추조사해 이 가운데 5곳을 분석한 결과 망천리 논 1곳에서 액상화 지수가 '높음' 수준인 것으로 나타났다"고 밝혔다. 하지만 행안부는 조사 내용과 전문가 자문 결과를 종합하면 우려할 만한 수준은 아니라고 강조했다.

2016년 9월 경주지진을 계기로 제기됐던 것처럼 지진 발생 시점 전후의 지하수 수위 변화는 포항에서도 확인됐다. 11월 17일 연합뉴스 보도는 부경대 지구환경과학과 정상용 명예교수가 정부의 국가지하수정보센터에 등록된 '포항 신광' 지하수 관측소 자료를 분석한 결과 지진 발생 하루 전인 14일 자정과 15일 자정 사이의 해수면 기준 지하수 수위가 평소보다 크게 낮아졌다고 이날 밝혔다.

이 지하수 관측소는 15일 첫 지진의 진앙인 포항 북구 흥해읍에서 6㎞가량 떨어진 곳에 자리 잡고 있다. 관측소 자료를 보면 14일 자정 75.86m로 기록된 수위는 15일 자정

기준 75.58m로 낮아졌다. 하루 만에 28㎝나 낮아진 것이다. 정 교수는 "지진에 앞서 암반에 강한 압력이 가해져 지하수 수위에 변화가 생긴 것으로 보인다"며 "여진 때는 변화가 없는 점 등으로 미뤄 규모 4.5 이상의 지진에 지하수가 영향을 받는 것으로 보인다"고 설명했다.

실제로 시민들의 얘기에 따르면 5.4 지진 당시 북구 장성동에 위치한 '포항온천'의 지하수 측정 게이지의 압력이 일시적으로 낮아졌다는 사실도 정 교수의 주장을 뒷받침하고 있다. 지난해 경주지진을 계기로 관심을 모은 정 교수의 연구 결과는 아직까지 전 세계적으로 뚜렷한 해결책이 없는 지진 예보시스템에 도입할 것을 검토해야 한다는 의견이 적지 않다. 정 교수는 "해외에서는 이미 오래전부터 지진과 지하수의 영향에 관한 연구가 활발하다"며 "양산단층 등 단층대를 중심으로 지하수 관측소를 설치해 자료를 분석하면 사전에 지진에 대비할 수 있을 것"이라고 덧붙였다.


2013년 3월 대형 산불피해를 입은 북구 용흥동에서는 땅밀림 현상이 발생했지만 주민들에게 늑장 대피령을 내린 사실이 뒤늦게 드러나 관계당국의 허술한 대응이 국회에서 쟁점화됐다. 12월 5일 연합뉴스는 '4일 국회 예산결산특별위원회 소속 황주홍 국민의당 의원이 산림청에서 받은 자료에 따르면, 1993년 이후 25년 새 국내에서 땅밀림이 발생한 곳은 포항 용흥동 야산을 포함해 모두 28곳으로 확인됐다'고 단독보도했다.

특히 산불피해지인 용흥동은 여섯 번의 전진과 본진, 11차례의 여진 발생 뒤 원위치보다 땅이 66.65㎜ 밀린 현상이 측정돼 자칫 산사태 피해로 이어질 뻔한 것으로 드러났다. 여기다 경남 하동군의 야산과 함께 전국에서 유일하게 무인감시시스템이 설치된 포항에서 이번 지진 당시 오후 2시 37분 땅밀림이 처음 측정됐지만 6시간여가 지난 9시쯤 주민 대피명령이 내려졌다는 보도도 이어졌다. 기사에 따르면 관리기관인 산림청도 이 현상이 발생한 사실을 중대본에 오후 6시 25분에야 알려 늑장대응의 첫 번째 단추가 됐다. 포항시도 뒤늦게 해당 주민 7명에게 전화나 직접 방문으로 대피령을 내린 것으로 확인됐다. 이곳에서는 11월 21일에도 여진으로 또다시 28㎜의 추가 땅밀림이 발생해 한동안 주민들의 피난생활이 이어졌다.

포항 영일대해수욕장에서는 작은 새우류인 남바다곤쟁이 떼가 백사장에 밀려 나와 죽은 채 발견돼 지진과의 연관성을 두고 설왕설래가 이어졌다. 부경대 자원생물학과 박원규 교수는 '산란철을 맞아 연안 표층에 올라와 있다 높은 파도에 밀려 나온 것이며 포항에서 발생한 지진과 연관해 발생한 현상은 아니다'고 분석했다.

포항지진 발생 이후 땅속에서 심상치 않은 현상들이 잇달아 발견되면서 마치 몸속의 종양 덩어리처럼 또 다른 재앙들이 잉태되고 있는 것이 아닌가라는 시민들의 우려도 높아져 갔다. 하지만 이 모든 것을 다 합쳐도 지진 발생 당일, 텔레비전 방송에 출연한 한 과학자가 전해준, 전혀 상상할 수 없었던, 지진 유발 원인을 둘러싼 폭로에 가까운 분석만큼이나 포항시민들을 충격과 경악으로 몰아갈 수는 없었다.


## '블랙 스완'이 된 포항지열발전소

지진의 충격이 이어지고 있던 11월 15일 저녁, 이진한 고려대 지구환경과학과 교수가 '뉴스룸'에 출연해 포항지진과 지열발전소의 연관성에 관한 놀라운 얘기를 내놓기 전까지만 해도 JTBC는 속보 경쟁에 나선 국내 여느 종편채널과 다를 바가 없었다.

2016년 그 즈음에는 최순실 국정농단 폭로로 한국 현대사에서 최대 특종을 터뜨린 JTBC는 이날 보도를 계기로 재난방송에서도 또다시 지상파와 종편을 통틀어 최고 자리를 차지하게 됐다. 이 채널의 '뉴스룸'은 오후 8시에 시작되지만 이날은 지진 특집 편성으로 방송시간이 30분 앞당겨졌다고, 이진한 교수는 필자와의 전화 통화에서 알려줬다.

시민들은 처음에는 어떤 낯선 대학교수가 나와서 늘 그리하듯 필경 절반조차 알아들을까 말까할 어려운 전문용

어를 동원해 지진에 대해 설명을 늘어놓나가 내려가겠구
나 하며 대충 쳐다보는 모습이었다. 하지만 뜻밖에도 포항
지열발전소에 관한 얘기가 나오자 화면 앞으로 몸이 바싹
다가갈 수밖에 없었다. 이 교수의 얘기는 충격적이었다.

"지난해부터 경주지진을 연구해오던 중 미소지진을 유
발하는 지열발전소로 인한 포항 북구 쪽의 지진 발생 가능
성을 예측하고 예의주시해왔다. 공정 상 터빈을 돌리기 위
해 암반층을 4.5㎞ 뚫어 강력한 수압파쇄로 물을 주입해야
하는데 이 과정에서 암석이 깨지면서 단층에 영향을 줘 발
생하는 유발지진이다. 미국의 유전지대인 오클라호마와
텍사스에서 수압파쇄로 인한 유발지진이 급증했다. 부산
대 김광희 교수 등 우리 연구진과 이 문제를 정부에 얘기해
야 하지 않느냐 하는 와중에 발전소와 불과 2㎞ 거리에서
이번 지진이 났다."

언론 보도를 통해 우리가 대략 알고 있는 포항지열발전
소 사업은 다음과 같다.
이명박 정부 시절인 2010년 11월 신재생 에너지정책 사

업의 명분으로 산업통상자원부가 지원하는 'MW급 지열발전 상용화 기술 개발' 국책사업에 선정, 2011년 4월 포항시와 넥스지오 업무협약 체결, 1단계 '연구개발'(2017년 말까지 1.2MW급 발전소 건립 완료 계획, 국비 184억원 포함 총사업비 433억원)을 위해 포항시 흥해읍 남송리가 최종 사업 부지로 선정, 산업통상자원부 (주)넥스지오 한국수력원자력 한국에너지기술평가원 (주)이노지오테크놀로지 한국지질자원연구원 한국건설기술연구원 컨소시엄 국가지열발전 실증연구개발사업 착수, 2012년 여름 시추 착수, 1단계 성공 시 2단계 '사업화' 사업비 800억원 투입해 5MW급 발전소 추가 조성 계획.

포항지열발전소 건설 현장

방송을 지켜본 포항시민들은 허를 찔렸다는 느낌에 이어 자괴감에 이르렀다. 그동안 지열발전소라면 포항이 첨단과학도시를 지향하는 도시의 위상에 맞게 국내 최초로 유치했으며 마무리 사업 단계에 이른 친환경에너지 생산 시설쯤으로 막연하게 믿어 왔기 때문이다. 실제로 강진이 발생한 그날까지도 포항시는 지열발전소를 포항의 미래를 이끌어나갈 중대한 과학기술로 자랑하고 있었다. 포항지열발전 사업이 시작되어 6년이 지나도록 대한민국 정부나 경상북도, 포항시는 말할 것도 없고 서울과 지역의 모든 언론과 학계, 시민단체 등 어느 곳에서도 '단 한 번'도 그 안전성을 염려하거나 지적한 적이 없었다.

이 지경에 이르기까지 포스텍과 한동대, 지곡첨단연구과학단지에 세계와 경쟁하는 우수한 연구인력과 장비를 보유하고 있는 도시에서 어떻게 단 한 사람도 경고의 호루라기를 불지 않을 수 있었다는 말인가? 종편채널을 통해 제기된 과학자 한 사람의 추정이라고 보기에는 그냥 간과하기 어려운 불안한 지진의 근거들은 소문과 소식의 형태를 갖춰 삽시간에 시민들의 입으로, SNS로 확산되기 시작했다.

과연 포항의 땅속에서 무슨 일이 일어났다는 말인가. 많고

43

많은 전문가와 정보의 홍수 속에 포항지진의 비밀과 지열발전소에 대한 의심을 풀어줄 열쇠는 어디서 찾아야 하는가. 분명한 것은 그동안 우리가 그냥 거기에 있는 것쯤으로 알고만 있었던 포항지열발전소는 지진이 일어난 다음에야 갑자기 '블랙 스완'(black swan)으로, 도저히 태어날 수 없다고 믿었던 '검은 백조'가 돼 우리 앞에 나섰다는 사실이다.

## 지진의 원리를 이해하는 열쇠, 응력

포항지진을 계기로 각종 매체를 통해 귀에 못이 박히게 들었을 용어 가운데 아마 '응력'이 맨 앞줄에 있을 것이다.

한자로 '應力'. 사자성어인 '인과응보'(因果應報)에 쓰이듯이 그대로 돌아온다는 의미의 '응하는 힘'이다. 공학적으로는 '재료에 압축, 인장(늘이기), 굽힘, 비틀림 등의 하중(외력)을 가했을 때, 그 크기에 대응하여 재료 내에 생기는 저항력'이다. 지진을 이해하는 데는 '재료에 응력이 생기면 강도 저하나 파손으로 이어진다'라는 설명이 도움이 된다.

좀 더 구체적으로 '지층'(地層)은 자갈·모래·진흙·화산재 등이 퇴적하여 이루고 있는 층, '단층'(斷層)은 지층이 외부의 힘을 받아 두 개의 조각으로 끊어져 어긋난 것이다. 부연하면 지층은 양쪽에서 잡아당기는 장력, 양쪽에서 미는 횡압력, 중력 등의 힘으로 끊어져 단층이 된다.

지진은 바로 이 단층과 단층 사이에 어떤 원인에 의하여 응력이 작용해 암석이 균열되면서 깨질 때 그 진동이 전달돼 발생한다. 응력이 영어로는 'stress'이니 지진은 땅이 스트레스를 받아 발생한다면 쉽게 이해된다.

지진의 핵심원리가 '힘'으로 요약된다는 점에서 옛 사람들의 인식관은 매우 흥미롭다.

그리스 사람들은 '그리스신화'에 제우스가 제 뜻을 거역한 거인들을 지하세계로 보내어 쇠사슬로 묶어 놓았다고 나와 있듯이 이 거인들이 고통으로 인해 몸부림을 칠 때 지진이 일어난다고 믿었다. 인도 사람들은 코끼리 여러 마리가 지구를 떠받치고 있는데 그 중 한 마리가 고개를 숙이면 지구가 흔들린다고 생각했다. 고대 아메리카 인디언들은 위트를 더해 지구에 사람이 너무 많아서 너무 무거워지면 신들이 사람들을 떨어뜨리려고 지구를 흔든다고 봤다.

지진의 유형은 발생 원인에 따라 자연지진(natural earth-quake), 인공지진(explosion -), 유발지진(induced -) 등 주로 세 가지로 구분된다.

우선, 지진의 대부분은 자연지진이다. 월간 사이언스 북스에 따르면 전 세계 지진의 98%가량은 지구조판들이 맞붙어 있는 판 경계선에서 일어나는 판 경계 지진이다. 나머지 2%가 판 내부에서 일어나는 판 내부 지진이다. 유라시아판과 태평양판이 만나는 일본해구 바로 위에 있는 일본이나, 나스카판과 남아메리카판이 만나는 섭입대 위에 있는 칠레 같은 곳에서 발생하는 지진이 이에 해당한다.

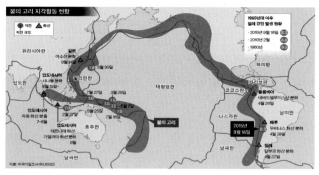

자료 제공 연합뉴스

우리나라나 중국 허베이 지역처럼 하나의 판에 포함된

지역에서 나는 지진은 판 내부 지진이다. 한반도는 인도판과 유라시아판의 경계인 히말라야와, 태평양판과 유라시아판의 경계인 일본해구의 중간쯤에 있다. 그래서 이들 여러 판에서 발생하는 응력을 중국과 일본이 흡수해 보호막의 역할을 하고 있어 한반도가 마치 지진의 안전지대인 것처럼 믿어 왔다. 하지만 인도판과 태평양판에서 작용하는 동서 압축응력의 일부가 한반도 안쪽으로 스며들어 축적되고 있다는 전문가들의 경고를 흘려들어서는 안 된다.

그 다음, 인공지진은 북한 풍계리의 경우처럼 화약의 폭발 또는 지하핵실험으로 암석이 파괴돼 발생하는 지진이다.

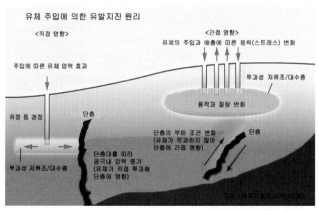

자료 제공 한겨레

이처럼 지진에 대한 설명이 장황했던 이유는 유발지진을 설명하기 위해서다. 이진한 교수가 JTBC 방송을 통해 '포항지진이 지열발전소 시험가동에 따라 유발됐을 가능성이 있다'고 지적했기 때문이다. 그는 11월 15일 한 번의 방송 출연 이후 활동을 멈췄다가 24일 전국적으로 눈과 귀가 몰린 가운데 열린 '포항지진 긴급포럼'에 발표자로 참석해 '유발지진의 개념'을 소개했다. 이진한 교수는 '심프슨(Simpson)의 1986년 논문' 인용임을 전제하고 유발지진(triggered -)을 '인간의 기술 활동에 의한 지진'이라고 정의했다. 또 세 가지 유형으로 굴착 유발(광산 및 채석장), 댐 건설(1967년 인도 마하라슈트라 주 코이나, 규모 6.5)에 이어 유체 주입(2011년 미국 오클라호마 주 Prague, 규모 5.6)을 들었다.

이진한 교수는 지열발전을 위해 굴착한 시추공에 고압의 지하수를 주입하는 과정에서 '지각에서 생겨나 이미 존재하던 응력(경주지진)을 방출하는 방아쇠(지열발전소)' 효과가 포항지진을 유발했을 수 있다는 가능성을 국내에서 처음으로 제시했다.

결론적으로 이 교수의 주장은 아직은 검증되지 않은 가

설에 불과하며 영원히 밝혀지지 않을 수도 있다. 직접 지진 피해를 입은 이재민을 포함해 포항시민들이 지진과 지열발전소의 연관성을 묻는 'OX 골든벨 퀴즈'가 열린다고 가정했을 때 과연 어느 쪽에 몰려갈지를 판단하기는 어렵지 않다. 하지만 정부가 '규명 우선 방침'이라는 방패 뒤에 서고, 대부분의 전문가들은 복잡하고 이해하기 어려운 전문 용어로 무장한 채 요지부동이니, 지진을 당하고 하소연할 곳이 없는 시민들은 더 답답할 뿐이다.

지진이라는 대재앙에 시달린 시민들이 비전문가의 왜소함과 주눅을 떨쳐내어 전문가와 학술 지식, 관료와 자본이라는 '죽음의 계곡'을 뚫고 포항지진과 지열발전소의 실체적 진실에 도달하기 위해서는 다음과 같은 '자연의 교훈'부터 암송해야 할 것이다.

첫째, 자연에서는 무슨 일이든 발생할 수 있다. 둘째, 지질학은 예측 가능의 학문으로 진화해야 한다. 셋째, 철저한 지질조사를 거치지 않은 기술 프로젝트는 막대한 재앙을 초래할 수 있다.

이진한 교수가 토론회에서 발표한 자료의 마지막 부분

이다.

하나 더 덧붙이자면 계곡으로 향하기에 앞서 점검해야 할 지식이 있다. 지진 공포를 체험한 포항과 경주 시민이라면 '진원'(震源)은 지진이 발생한 지하나 해저의 지점, '진앙'(震央)은 그 바로 위 지표면(또는 해상)의 위치라는 건 이제 다 알 것이다.

그러면 지진의 세기를 나타내는 '규모'(magnitude)와 '진도'(seismic intensity)는?

규모는 지진 발생 시 방출된 에너지의 절대적 총량으로, 잘 알려진 미국의 지진학자 리히터(C.F. Richter)가 도입했으며 M(moment 모멘트)에 숫자를 붙여 '규모 6.5' 등으로 표기한다. 리히터 규모가 1 증가할 때마다 에너지의 크기는 1.2배가 아니라 약 30배가 된다.

진도는 지진으로 인해서 발생한 피해의 정도를 나타내는 상대적 척도로서 '진도 6'이 아니라 '진도 VI'과 같이 로마자로 표기한다. 피해 정도는 진원 및 진앙으로부터 먼 곳에 위치한 지역일수록 감소하므로 하나의 지진에 대해서 지역별로 다른 진도 계급을 나타낸다. 예를 들어 동일한 규모의 지진 진앙이 수원인가, 부산인가에 따라서 서울의 진도는 달라진다. 이번 포항의 '규모 5.4' 지진은 포항에 '진도 Ⅵ~Ⅶ'(아라비아 숫자 6~7)의 피해를 입혔다."

## 이지에스, '지열 빈국'에 성배인가, 독배인가

한겨레 이근영 선임기자의 기획 '지열발전소…포항지진 진범인가, 누명 쓴 마녀인가'(2017. 12. 4.)는 심층취재와 분석을 통해 많은 시사점과 정보를 준 빼어난 기사로 평가된다.

지열은 지구가 생성될 때 저장된 열에 지각을 구성하는 암석에 포함된 방사성 동위원소가 붕괴하면서 생성되는 열이 더해져 만들어진다. 지열은 온천·지역난방처럼 직접 이용하기도 하고 전기로 변환하는 지열발전처럼 간접적으로 이용하기도 한다. 또 지하 100m 정도 내려가면 연중 16~18도가 유지되는 성질을 이용해 건물의 냉난방에 이용하는 지열 열펌프로도 많이 쓰인다. 정부세종청사의 지열 열펌프는 20㎿(메가와트) 이상을 공급해 냉난방 부하의

38% 이상을 담당하고 있다. 특히 지열발전은 태양광발전이나 풍력발전과 달리 날씨 영향에 상관없이 에너지를 공급할 수 있어 기저부하를 담당할 재생에너지로 주목받고 있다. 16~17세기 수백m 지하까지 광산 개발이 이뤄지면서 땅속 깊이 내려갈수록 온도가 올라간다는 사실이 알려졌지만 18세기 들어 온도계가 등장해서야 정확한 온도가 측정됐다. 지열을 에너지원으로 이용하게 된 것은 19세기 초 이탈리아 라데렐로 지역의 붕소 생산공장이 처음으로 알려져 있다. 이곳에서는 철제 보일러에 붕소가 섞인 지열수를 넣고 나무를 때서 증발시켜 붕소를 얻었는데, 땔감나무가 줄어들자 지열수를 이용했다. 1904년에 이르러서는 이곳에서 지열증기로 발전을 하는 지열발전이 최초로 시도됐으며 1942년께는 128㎿를 생산할 정도로 상업적으로 성공했다.

지열을 이용하기 위한 최적지는 화산지대이다. 그래서 지열발전소의 90% 이상이 이곳에서 가동 중이다. 이처럼 지열을 직접 이용하는 아이슬란드(총 전력생산 비중의 30%)나 뉴질랜드, 일본은 화산지대로서 국민이 위험을 감수해야 하는 대가로 천연의 고열 증기를 그대로 쓰거나 열수를 이용하는 발전소를 통해 자연의 혜택을 받고 있다.

특히 뉴질랜드는 2016년 11월 남섬 크라이스트처치 인근에서 규모 7.8을 비롯해 대지진 피해에 시달리며 원자력 발전은 꿈도 꿀 수 없는 처지이지만 지열 자원은 우리에게 부러움의 대상이다. 한국전력거래소의 '2015년 해외 전력산업 동향'에 따르면 뉴질랜드의 에너지원별 발전실적은 수력이 2014년 기준 57%로 가장 높으며, 이어 신재생발전의 비중이 22.9%로 세계적으로도 상당히 높은 수준인데 지열이 16%로 가장 높이 올라섰다. 이미 1958년 첫 지열발전을 시작했다. 수력까지 합산할 경우 2014년 뉴질랜드 신재생에너지 발전 비중은 약 80%에 이른다.

지층이 안정된 한반도는 대부분 지하 1㎞씩 내려가도 온도가 25도 정도 올라가는 것으로 알려져 있다. 온천수는 용출되지만 증기(스팀)로 발전기를 가동시킬 만큼 경제성이 있는 곳은 없다. 따라서 앞의 국가들에 비하면 '지열 빈국'이라고 할 수 있다. 이 같은 지역적 한계를 극복하기 위한 공법이 '이지에스'다. 독자 개발 기술은 아니며 독일 프랑스 미국 등지에서도 상용화 단계에 있다고 전해진다.

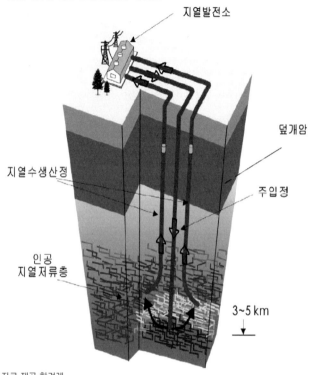

인공저류층지열시스템(EGS) 개념도

지열발전소

덮개암

지열수생산정

주입정

인공
지열저류층

3~5 km

자료 제공 한겨레

　가동 원리는 전통식 핀란드 사우나를 이해하면 쉽다. 뜨
겁게 달궈진 돌 위에 물을 뿌려 증기를 발생시키는 방식이
다. '주입정'(시추공)을 지하 4~5㎞까지 뚫어 강력한 압력

으로 물을 분사하면 땅속의 갈라진 틈을 따라 흘러가 물이 데워진다. 이를 반대쪽에 뚫은 '생산정'에서 뽑아 올려 증기를 모아 발전을 하는 시스템이다. 포항에는 현재 지하 4.3km까지 8.5인치(21.6cm) 시추공을 500여m 간격으로 2개 뚫었다.

국내 지열발전 환경과 경제성 등을 종합하면 다음의 결론에 이를 수 있다. '지열 부국'에서마저 막대한 초기 건설비용(발전소 건설비와 지열정 굴착비 등)이 단점으로 꼽히는 친환경 에너지 개발을 위해 낮은 경제성을 감수하고 궁여지책으로 이지에스 기술 독자개발을 추진해왔다는 것이다.

포항은 1단계 1.2MW급 발전소에 433억원, 5MW급에 800억원 등 총 6.2MW급 지열발전소에 1천233억원을 투자해 5천200가구에 전기를 공급하겠다는 계획이었다. 물론 신기술의 독자 개발과 상용화에 성공해 해외 에너지 플랜트사업 시장에 진출하겠다는 전략이지만 전형적인 '고위험 저수익' 사업으로서 아직 성공 여부가 미지수인데다가 유발지진 피해 논란까지 겹치면서 리스크는 이미 정점에 갈 데까지 이르렀다.

뉴시스 강진구 기자는 '지진 유발 의혹 지열발전, 태양광에 비해 효율성 크게 떨어져' 기사를 통해 문제를 지적했다. 〈11. 30. 15:58〉

태양광설비전문업체들은 통상 태양광의 경우 1MW를 발전하는 데 부지매입과 개발허가, 건설비용 등을 모두 계산해도 20여억원이면 충분하다고 공개했다. 건설 후 관리비용도 모바일 등으로 모두 전산화하면 하루 평균 한 사람 인건비를 충당하는 수준이라고 덧붙였다. 1.2MW급 지열발전을 위해 433억원을 투자하는 것은 투자비 측면에서 볼 때 태양광에 비해 20배나 더 소요되는 것으로 투자효율성이 전무하다고 주장했다. 더욱이 장비나 시설, 전문인력 등의 관리비용을 감안하면 지열발전소는 태양광의 40배에 이르는 건설비용과 관리비용이 들어가는 효율성이 크게 떨어지는 발전방식이라고 강조했다. 태양광발전설비 전문시공업체인 일성전력산업 이호기 대표는 "정부가 정책사업으로 42조원을 들여 태양광 발전을 신재생사업으로 추진하면서 지열발전소를 건설하는 이유를 모르겠다"며 "지열발전소는 태양광발전에 비해 사업효율성이 크게 떨어지는

데 왜 추진하는지 이해할 수 없다"고 말했다.

## 윤곽 드러내는 유발지진의 쟁점들

편의상 2017년 11월 15일 이후 포항지진의 발생 원인과 지열발전소가 연관성이 있다고 주장하는 측과 반대 측을 각각 '연관파'와 '부정파'로 부르기로 한다.

연관파를 대표하는 이 교수의 15일 방송 출연이 엄청난 파장을 몰고 오자 사업 주관사로서 당연히 부정파에 선 사업 주관사 넥스지오는 16일 즉각 '무관하다'는 반박 보도자료를 내고 적극 대응에 나섰다.

넥스지오의 반박 요지를 정리하면 다음과 같다.

2개의 시추공은 지진과 관련이 예상되는 단층과 무관한 위치에 설치된 데다 시추공 설치로 지진이 발생한 예는 보고된 바가 없다. 지하에 물을 주입하며 인공저류층을 형성하는 과정에서 지진이 발생한 경우는 있지만 이 또한 지하에 물을 주입하는 중이거나 주입 후 일주일 이내에 발생한다. 포항의 지열발전 현장은 지열수 순환 설비 설치를 앞두고 지난 9월 18일 이후 두 달간 현장 작업을 모두 중지하고 지열정을 개방한 상태이다. 이 기간 현장 주변의 정밀지진 관측 시스템에서 단 한 차례도 뚜렷한 지진활동이 관측되지 않았다.

위의 반박을 보면 넥스지오는 '지진 발생 관련 단층과 무관한 지점에 시추 및 물 주입을 했다' '물 주입 시기가 중요하다. 2개월째 물주입을 중단한 뒤 발생한 5.4 지진은 무관하다'는 데 초점을 맞추고 있다.

이 회사 윤운상 대표는 보도자료에 이어 이날 '지열발전 상용화기술개발단장'의 자격으로 JTBC 뉴스룸과의 전화인터뷰를 통해 반박을 이어갔다. 새로운 내용은 '(우리는) 수압파쇄가 아니라 수리자극을 한다' '(주입)수압과 수량이 규모에 영향을 미친다. 미국 셰일가스의 경우 몇 백만 톤의 물을 넣는데 우리는 아주 약소한 수준의 수리자극을 하므로 지열발전에서 발생할 수 있는 최대의 규모는 3 정도로 알려져 있다.'

지진 발생 후 이틀 동안 JTBC를 통한 이 교수와 윤 대표의 간접 공방을 통해 이 논란의 쟁점 3가지가 드러난다. 발전소 입지가 지진을 유발할 수 있는 단층의 위인가, 물 주입 중단 후 2개월 만에 규모 5.4 지진 발생이 가능한가, 수압과 수량이 5.4 지진을 일으킬 수준인가. 이날 이후 양측 공방은 잠시 소강상태에 들어 간다.

## '물 주입 후 지진 63회 발생' 충격

JTBC는 닷새만인 21일 '포항 지열발전 데이터 입수, 물 주입과 지진 연관성은?' 의 타이틀로 세 번째 보도를 한다. 요지는 포항지열발전소가 물 주입을 한 뒤 인근에서 여러 차례 지진이 발생했다는 내용이다. 손석희 앵커와 기자는 '데이터가 포항 지진과 직접적 연관이 있다고 단정할 수 없다'고 여러 차례 강조한 다음 '데이터'를 공개했는데 요약하면 다음과 같다.

포항 내륙에서 지진이 발생한 건 1978년 기상청 관측 이후 8차례였습니다. 2002년 이전에는 포항시 남쪽이나 서쪽이 대부분이었습니다. 그런데 2016년 12월 23일 발생한 지진은 포항시 북구, 즉 이번 지진의 진앙지와 위도와 경도가 일치했습니다. 당시 지진 발생 직전 8일 동안 지열발전소에서 3,000톤이 넘는 물을 주입했습니다. 23일 지진 발생 이후 발전소는 사흘 동안 물주입 작업을 멈췄습니다. 이후 26일부터 다시 3일 동안 70여 톤의 물을 주입했는데 29일 다시 위도와 경도가 동일한 지역에서 또 지진이 발생했습니다. 이후 석 달 가까이 중단된 물 주입은 2017년 3월 말에 재개됐습니다. 하지만 한 달도 안 된 4월 15일 다시 지진이 발생했습니다. 요약하면 2016년 이후, 이번 지진 전까지 관측된 4차례 지진 모두 물 주입 직후 발생했습니다. 특히 4월 15일에는 규모 3.0 이상이 발생했습니다.

2016년 이후 포항 북구에서 발생한 지진은 21일 4회로 보도됐지만 다음날 방송에서는 모두 10회로 늘어난다. 하지만 이는 규모 2.0~3.0 미만의 횟수에 불과하며 1.0 이상까지 포함하면 발전소의 물 주입 후 모두 63회에 이르는 지진이 포항 북구에서 발생한 것으로 드러나 충격을 줬다.

국회 국토교통위원회 소속 국민의당 윤영일 의원(전남 해남 완도 진도)이 산업통상자원부와 기상청의 자료를 분석한 결과 2016년 1월 29일부터 2017년 10월 17일까지 지열발전소에서 물 주입과 배출이 각각 73회, 370회 등 모두 443회 실시됐다. 이로 인해 2016년 41회(규모 2.0 이상 8회)에 이어, 2017년에 22회(2.0 이상 2회) 등 모두 63회 (2.0이상 10회)의 소규모 지진이 발생했다.

윤 의원실이 배포한 자료대로 물을 넣고 뺄 때 진동이 발생하고 지각에 영향을 줄 수 있기 때문에 발전소 측은 자체 모니터링 시스템을 통해 지진발생 여부를 측정해왔다. 이 자료 하단에는 '미소진동 관측 횟수는 현장에서 운영하고 있는 미소진동관측망에 2017년 10월 17일까지 기록된 자료의 기상청 규모 환산식에 따른 1.0이상 관측횟수'라고 적혀 있어 그 이하까지 포함해 분석하면 외국의 사례와 맞먹는 횟수가 나올 가능성도 충분하다.

자료에 따르면 2016년 12월 15일에서 22일 사이 3,681 톤의 물을 주입한 다음날 규모 2.2의 지진이 발생했다. 이후 같은 달 26일부터 28일까지 226톤의 물 주입 후 다음날 규모 2.3의 지진이 발생했다. 2017년에는 3월 25일부터 4

월 14일 사이 2,793톤의 물주입 후 다음날 15일 규모 3.1, 규모 2.0의 지진이 잇따라 발생했다.

이후에도 물주입이 계속되면서 진동이 감지됐고 발전소 측은 지난 9월 18일에야 주입작업을 멈췄으나 물 배출 작업은 계속된 것으로 나타났다. 특히 지난 4월 15일 관측된 규모 2.0 이상 지진 2건의 경우, 15일 발생한 포항지진의 발생위치와 차이가 없는 것으로 드러났다.

신문 보도에 따르면 윤영일 의원은 "63차례의 지진 발생은 대규모 지진발생에 대한 충분한 사전경고였을 수 있으며 주무부처인 기상청이 이런 사실을 몰랐다는 것은 직무유기다"라며 "지열발전소는 세계적으로도 아직 안전성이 입증되지 않았다. 지금이라도 사업을 당장 중단하고 범정부 차원에서 철저한 안전성 검증이 이루어져야 한다"고 강조했다.


## 불신만 키운 넥스지오와 정부의 해명

물 주입 후 현장 근처에서 모두 63회의 지진이 발생하고 나중에 3.1로 확인된 3.0 이상의 지진마저 발생한 사실이 확인되자 포항지진과 지열발전소의 연관성은 급격하게 커졌다.

이 시점에서 윤 대표의 16일 인터뷰 내용을 들여다 볼 필요가 있다. 그는 '우리는 아주 약소한 수준의 수리자극을 하므로 지열발전에서 발생할 수 있는 최대의 규모는 3 정도로 알려져 있다'고 밝혔다. 포항 현장에서 3.1이 발생한 사실을 감춘 채 '알려져 있다'는 표현을 사용해 마치 자신들의 작업 현장과 무관한 해외 사례를 인용하는 듯 언급하며 쟁점을 피해가고 있다. 윤 대표의 이 같은 '기름장어 같이 매끄러운' 수사학은 이후에도 여러 차례 확인된다.

정부도 마찬가지다. 기자의 이어진 보도의 인용 내용에 포함된 산업통상자원부의 해명은 불과 이틀 뒤 아예 거짓으로 드러나기도 한다.

일단 저희(JTBC)가 이번에 (물주입과 미소지진 발생)자료를 입수할 때 산업통상자원부도 역시 '이 사실을 전혀 모르고 있다가 이번에 자료를 넘겨받으면서 알게 됐다. 보고를 받은 적이 없다'고 얘기했습니다. 〈뉴스룸 '포항 지열발전 데이터 입수', 2017. 11. 21. 22:12〉

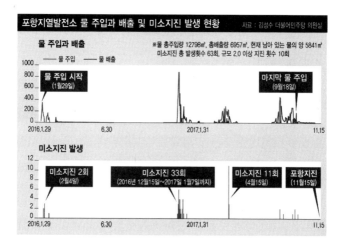

포항지열발전소 물 주입과 배출 및 미소지진 발생 현황 　자료 : 김성수 더불어민주당 의원실

물 주입과 배출
※물 총주입량 12798㎥, 총배출량 6957㎥, 현재 남아 있는 물의 양 5841㎥
미소지진 총 발생횟수 63회, 규모 2.0 이상 지진 횟수 10회

물 주입 시작 (1월29일)
마지막 물 주입 (9월18일)

미소지진 발생

미소지진 2회 (2월4일)
미소지진 33회 (2016년 12월15일~2017년 1월7일까지)
미소지진 11회 (4월15일)
포항지진 (11월15일)

업체 측 입장을 담은 기자의 다음 기사도 나왔다.

　올해 4월 15일에 3.0 이상의 지진이 발생했을 때는 내부적으로 논의를 거쳐 안전기준을 규모 2.0으로 낮추고 그 이상 지진이 발생하면 바로 작업을 중단하고 상황을 살피기로 결정했다고 합니다. 그런데 문제는 관계부처에 보고를 했었는지 본인(넥스지오)들도 불분명하다고 밝힌 것입니다. 〈뉴스룸 '포항 지열발전 데이터 입수', 2017. 11. 21. 22:12〉

JTBC는 방송 바로 다음날 또 다른 보도를 통해 넥스지오

가 사실을 왜곡하거나 고의적으로 책임을 회피하려는 의
도가 분명함을 보여줬다.


포항에서 규모 5.4 지진이 일어났던 지난 15일 이진한
고려대 교수가 원인 중 하나로 지열발전소를 언급했습니
다. 그러자 발전소 운영사인 넥스지오가 반박에 나섰습니
다. 9월 18일 작업을 중단한 이후 "두 달 동안 발전소 현장
주변에서 단 한 차례도 뚜렷한 지진 활동이 관측된 바가 없
다"는 것입니다. 하지만, JTBC가 입수한 발전소 데이터를
보면 작업이 끝난 뒤 5일 뒤인 9월 23일 땅 속에서 한 차례
진동이 있었던 것으로 확인됩니다. 규모 2.0 미만의 지진
이었지만 지진 활동이 관측된 바 없다는 넥스지오의 해명
에 배치됩니다. 또 넥스지오는 지진 직후 "발전소 건설 과
정에서 유발된 지진은 스위스 바젤 사례를 제외하면 대부
분 규모 3.0 이하의 약진에 해당한다"고도 반박했습니다.
하지만 물 주입 작업 이후 발생한 4월 15일, 포항 북구 북
쪽 8㎞ 지역에서 3.1 규모의 지진이 발생한 사실은 밝히지
않았습니다. 넥스지오 측은 당시 관리·감독 부처인 한국에
너지기술평가원에는 보고했지만, 산업통상자원부에는 보

고 의무가 없었다고 설명했습니다. 〈뉴스룸 '데이터와 배치되는 주장' 2017. 11. 22. 20:38〉

위의 해명 중 '바젤을 제외하면 대부분 3.0 이하의 약진' 도 사실과 다르다. 스위스의 인근 도시에서는 3.6의 지진 도 발생했다. 이 경우 '대부분'이라는 단어는 무시해도 무방할 것이다.

스위스가 오는 2034년까지 모든 핵발전소를 폐기하는 대신 지열발전으로 에너지 수요를 충당하려 했으나 지열발전을 위해 지표면 깊숙이 굴착하는 과정에서 지진이 발생해 계획에 차질을 빚을 전망이다. 스위스 동부 지역 장크트 갈렌 시 인근 지하 4㎞ 깊이에서 지난 20일(현지시간) 오전 5시 30분 지열발전소 건설을 위한 시추작업이 직접적 원인인 진도 3.6도의 지진이 발생했고 이후 이틀 동안 25차례 이상의 여진이 기록됐다고 스위스 언론들이 23일 전했다. 이에 따라 굴착공 안정화를 위해 긴급 위기대응팀이 파견됐고 지표면 4.5㎞ 이하까지 뚫린 틈 사이로 돌과 흙 등 여러 물질이 투입되면서 굴착공의 압력이 22일부터 떨어지기 시작했다. 지난 20일 새벽 발생한 지진은 장크트 갈렌에서 아펜젤에 이르기까지 스위스 동부지역에서 광범위하게 느낄 수 있었다. 스위스연방지진연구소는 이번 지진이 지열발전소 건설을 위한 굴착공사와 시험 등과 직접적으로 관련이 있다고 결론지었다. 현재 스위스에서 진행 중인 사업 중 가장 큰 장크트 갈렌 지역의 지열발전소 건설작업은 지진 발생 때문에 현재 중단된 상태이다. 지열발전소 건설을 위한 시추작업의 목적은 지표면 아래 4천500m 깊이에 있는 140도 이상의 뜨거운 물을 찾아내 이 지역 빌딩 절반에 에너지를 공급하려는 것이다. 지진연구소는 이를 위해 현재 매우 미약하지만 여전히 존재하고 있는 지진활동 관측을 위해 10여 곳에 관측소를 설치해 놓았다. 시추작업에 참여했던 한 기술자는 지하 4천m 이상의 깊이로 시추하려는 순간 압력이 높은 가스층과 만나 가스와 함께 많은 양의 물과 진흙 등이 분출됐다면서 이것이 지진 발생과 연관된 것 같다고 말했다.

바젤에서도 지난 2006년 장크트 갈렌 시추작업과 같은 프로젝트가 지진활동 위험 때문에 중단됐으며 그후 2009년 12월 프로젝트 자체가 취소된 바 있다. 그러나 취리히

연방기술연구소의 도메니코 기아르디니 교수는 지진 발생으로 여러 가지 우려되는 점은 있지만 막대한 에너지 자원을 점검해보지 못하는 것은 아쉬운 일이라고 말했다. 〈연합뉴스 2013. 07. 23. 18:02〉

21일 하루 동안 JTBC의 포항지진 보도는 모두 6회로서 22일 3회, 23일 5회, 24일 4회와 비교하면 최다를 기록했다. 국민의당 윤영일 의원이 정부에서 제출받은 자료를 토대로 한 이날 보도는 주로 '물 주입 후 지진 발생', '이를 몰랐던 기상청과 산자부'에 초점이 맞춰졌다. 하지만 이어진 "'(단독)발전소 내부 보고서에도 '유발지진 연구·관리' 강조" 보도는 상대적으로 덜 비중 있게 다뤄졌지만 나중에 추가 사실이 드러나면서 업체와 정부의 도덕성이나 책임의식이 어떠한지를 단적으로 보여준 중요한 특종으로 평가된다.

포항지열발전소 참여 기관들이 2014년에 만든 '미소진동 관리방안'이라는 보고서입니다. 미소진동, 즉 소규모 지진에 대해 연구가 필요한데, 국내에는 명확한 관리 방안

이 없다고 지적합니다. 또 현재 발전소가 자리 잡은 포항 인근의 지진 이력과 단층 분포 등을 철저히 조사해야 한다는 내용도 있는데, 현장조사 결과서는 첨부되지 않았습니다. 보고서는 자연지진과 유발지진이 겹칠 경우 원인 파악을 강조하기도 했습니다. 피해가 발생했을 때 보상과 직결된다는 이유에서입니다. 이밖에 보고서는 2006년 스위스에서 같은 방식의 지열발전소가 규모 3.4의 지진이 발생한 뒤 '전면 중단'됐다거나 2009년 미국 샌프란시스코에서 주민 우려로 같은 방식의 발전소 사업이 '백지화'됐다는 내용도 담고 있습니다.

결국 결과만으로 볼 때 2014년 작성됐다는 이 보고서는 마치 '정감록'(鄭鑑錄)과 같은 비결서(祕訣書)를 연상케 할 정도다. 내용 그대로 불과 2년여 뒤 미소지진은 물론 3.1 지진이 발생했다. 그런데도 윤 대표는 5.4 지진 발생 다음 날 JTBC에 출연해 '포항지열발전소가 지진을 일으키는 단층과 무관하다'고 버젓이 얘기했다. 또 자신들이 애써 자연지진임을 강조하고 있는 규모 5.4의 지진이 발생했는데도 원인 파악을 위한 성의 있는 태도는 어디에서도 발견할 수 없다. 이는 스스로 밝혔듯이 이미 큰 피해가 발생했으며 보고서의 내용대로 조사 결과, '유발지진과의 연관성이 있다고 밝혀질 경우 보상 책임과 직결'되기 때문일 것이다.

어쨌든 이번 지진으로 포항지열발전소 사업은 '전면 중단'됐으니 이후 '사업 백지화'에 이를지 여부는 지켜볼 일이다. 하지만 미국 샌프란시스코나 스위스 바젤의 지열발전소 사업도 백지화됐다. 바젤에서는 지진 발생으로 사업이 취소된 지 8년만인 지난 2017년 여름부터 시추공 메우기 사업이 실시되고 있다.

지진 발생 9일만인 11월 24일 4개 학회가 주최해 서울에서 열린 긴급토론회에서 연관파와 부정파가 발표를 하기 전까지 포항지진의 쟁점은 양과 질, 모든 면에서 JTBC가 독주하는 형국이었다. 물론 지진 피해의 현장인 포항에서는 일부 지식인과 뜻 있는 시민들이 외국의 논문을 인용해가며 지역발전소와 지진의 연관성을 밝혀내려는 노력을 SNS를 중심으로 펼치고 있었다. 하지만 마치 찻잔 속의 태풍처럼 중앙과 지역의 관심 밖에 놓여 있었으니 이는 나중에 다시 다뤄보기로 한다.

# 속속 드러나는 기상청의 뒷북치기

앞서 21일 하루 동안 최다인 6회의 관련 보도를 한 JTBC는 22일 '기상청이 지열발전소 인근의 포항 북구에서 2.0이상의 지진을 4회 관측한 것과 달리 발전소 자체 관측망에는 모두 10회가 기록됐다'고 보도한 적이 있다.

환경부 산하인 기상청은 고가의 슈퍼컴퓨터를 도입하고도 태풍과 폭우 등 재해예보를 엉터리로 한다며 여론의 질타를 받고 동네북 부처의 신세를 면치 못해왔다. 소위 워낙 끗발이 없는 기관이다보니 그동안 다소 안쓰러울 때가 있었다. 하지만 이번에 드러난 포항지진 관측 실태와 허술한 대응을 놓고 보면 문재인 정부가 부처 개혁의 우선 순위를 어디에 둬야 할 지가 여실히 드러난다.

그런데 장비와 인력의 이러한 무능보다 더 한심한 것은 기상청의 변명이었다. '관측소 위치가 멀리 떨어져 있고, 작은 지진까지는 감지하기 어렵다'는 것이다. 뒤집어 풀이하면 서울과 세종시는 가까우니 지진 관측이 잘 되고 즉각 경보도 한다는 뜻이 아닌가. 그렇다면 자연재해 예보 및 경보도 수도권에 편중돼 중앙에 비해 지방을 차별한다는 결과가 된다.

기상청이 2.0 이상의 전진이 발생했을 때 긴급재난문자를 발송했다면 지난 5.4 본진 당시 포항시민의 대피를 더 앞당겼을 수도 있었다. 이 책의 앞에서 밝힌 대로 15일 오후 2시 29분 31초 본진에 앞서 오후 2시 22분 32초 규모 2.2에 이어 44초에 2.6의 지진 등 모두 6번의 전진이 있었다. 기상청이 본진 7분 전에 문자를 보냈다고 가정한다면 지진에 트라우마가 있는 시민이라면 일찌감치 건물 외부로 대피할 수 있었을 것이다.

지진 당시를 돌이켜 봐도 기상청의 문제점은 잘 드러난다. 필자는 처음 2.2 전진이 왔을 때 지진 여부를 확인하기 위해 평소 친분이 있던 포항시 재난안전과장에게 전화를 걸어 기상청이나 행정안전부 간에 연결된 시스템을 통해 연락이 왔는지를 물어봤다. 포항시청에는 모두 3기의 지진 관측기가 설치돼 지진 감지 때 중앙에 데이터를 전송한다는 사실을 알기 때문이었다. 하지만 담당과장은 '진동도 느끼지 못 했고 정부에서 어떤 연락도 온 적이 없으니 지진은 아닌 것 같다'는 답변을 내놨다. 통화를 마치고 대화를 나누던 지인에게 '혹여나 방금 진동이 지진일지라도 지난해 경주지진처럼 본진이 안 와야 할 텐데'라며 화제를 돌린 다음 몇분 뒤 우려는 처참한 현실이 되고야 말았다. 기상청 홈페이지의 지진 정보를 검색해보니 이날 두 번의 전진이 모두 기록돼 있었다. 그렇다면 이 지진들은 어디서 관측됐다는 걸까. 그들의 변명대로 거리가 먼데도 어떻게 규모 2 수준의 진동이 감지됐다는 건가. 기자에게 정말 그렇게 변명했다면 그건 무능한데다 정직하지도 않다는 비난을 스스로 받겠다는 것이다.

이번 포항의 경우처럼 특정 지역에서 미소지진을 비롯해 지진 관측 횟수나 양상에서 특이 사항이 관찰된다면 즉각 조사, 분석 절차를 거쳐 기관 보고를 하고 주민의 알권리를 위해 이를 공개하는 한편 대책을 마련해야 한다. 만약 수도 서울이나 정부청사가 있는 세종시에서 포항의 이번 사례와 같은 지진이 발생했다면 기상청은 청장이 경질되고 쑥대밭이 됐을 것이다. 이번 포항지진만 놓고 본다면 지역이 아니라 소위 '지방사람들'은 재난안전에서도 서울시민에 비해 차별받고 있다는 점이 분명히 드러났다.

지열발전소는 아니지만, 유정에서 원유를 생산한 뒤 폐

수를 다시 땅에 주입하는 과정에서도 비슷한 원리로 유발지진이 발생한다. 2011년 미국 오클라호마 주에서는 폐수 주입 때문에 규모 5.6의 지진이 일어났다. 정기적으로 지진 예보를 발표하는 미국지질조사국은 원래 유발지진을 예보에 포함하지 않았지만, 일부 지역에서 유발지진이 잦아지자 2016년 처음으로 유발지진 예보를 발표했다.

기상청이 지진의 진원과 진앙을 수정발표하는 과정도 뭔가를 숨긴다는 의심을 받았다. 원래 지진의 분석과 발생 지점 등에 대한 구체적 수치는 경주지진과 마찬가지로 계속 수정되는 것이 정상이다. 하지만 기상청은 원자력안전위원회(원안위)가 부산대 연구팀에 의뢰한 용역 결과를 JTBC가 입수해 23일 취재에 들어가자 이날 오후 수정된 결과를 발표했다. 지열발전소로부터 진원과 진앙이 훨씬 더 가깝다는 사실이 드러나면서 엄청난 파장이 인 점을 감안할 때 기상청이 발표 시점을 조율하거나 공개를 주저했다는 가정은 충분히 가능하다.

# 새로운 쟁점이 된 진원, 진앙 위치 수정

앞서 지열발전소를 둘러싼 초기 쟁점은 수량과 수압, 부지 아래 지반의 단층 여부, 물 주입 시기와 지진 발생 시점의 연관성 등 세 가지였다. 지진 발생 8일만인 23일 불거진 지진 발생 지점 수정 발표는 지열발전소의 지진 유발 혐의를 증폭시키는 방아쇠가 되기에 충분했다. 기사를 검색하면 당시 관련 매체마다 다소 수치에 차이가 있음을 확인할 수 있는데 그중 이데일리를 인용해본다.

기상청은 23일 포항지진의 정밀분석 결과 당초 발표결과와 달리 발생 깊이는 9㎞가 아니라 3~7㎞가 정확한 결과라고 밝혔다. 또 현재까지 조사 결과 경주지진과 단층 움직임이 다르고 발생 깊이도 상대적으로 얕아 연관성이 떨어진다고 전했다. 기상청은 한국지질자원연구원과 공동으로 포항지진과 주요 여진에 대해 정밀분석한 결과를 발표하며 이같이 밝혔다.

15일 기상청은 규모 5.4 포항 본진의 진앙지는 북위 36.12, 동경 129.36이라고 발표했다. 정밀분석 결과 정확한 진앙지는 남동쪽으로 약 1.5㎞ 이동한 북위 36.109, 동경 129.366이라고 정정했다. 지진의 발생위치는 지진파의 도달시각의 분석차이와 가정된 속도구조의 한계 등으로 인해 일정범위의 오차(약 2㎞)를 포함한다.

매체마다 인용한 수치의 차이가 나는 것은 JTBC가 '연관파'에 속하는 연구진이 포함된 원안위 의뢰 조사팀의 조사 결과를 입수해 취재를 벌이자 기상청이 한국지질자원연구원(지자연)과 공동으로 정밀 분석한 결과라며 수정치를 발표하는 과정에서 빚어진 일이다.

원안위 조사팀은 지열발전소와 진앙의 거리가 2.4㎞ 떨어졌다는 기상청의 당초 발표와 달리 500m 거리에 불과하며 진원도 지하 9㎞가 아니라 3.2㎞라고 수정했다. 반면 기상청은 기존보다 남동쪽으로 1.5㎞가량 위치를 수정했지만 지열발전소와 거리는 1.1㎞로 조사팀보다는 더 멀리 잡았다. 진원의 깊이도 기상청은 하나의 방법으로 산정했을 때 6.9㎞, 또 다른 방법으로 기상청과 지자연 3~4㎞, 일본방재과학기술연구소 5㎞, 미국지질조사소 11.5 ㎞ 떨어졌다는 산정 결과를 종합해 3~7㎞ 사이에서 발생했다고 수정했다.

이날 JTBC의 취재와 보도는 기상청의 위치 수정 발표라는 결과로 이어지면서 포항지진 사태를 새로운 국면으로 전환시켰다. 정부가 작성한 자료까지 나오자 신문을 비롯해 타 매체들이 본격적으로 인용 및 후속 보도에 뛰어들면서 기사는 건수와 내용면에서 크게 불어난 양상이 뚜렷했다. 전문가들이 포항지진과 지열발전소의 연관성이 더 높아졌다는 분석을 자신 있게 표명하고 나서자 여론은 '연관파'의 입장으로 급격하게 쏠렸다.

이어진 JTBC의 분석 보도 '지열발전소와 더 가까워진 진원·진앙, 뭘 의미하나?'에서는 기자들의 놀라운 취재 뒷얘기도 공개된다.

더 중요한 것은 깊이입니다. 진원까지의 깊이도 달라져 당초에는 9km였는데 지열발전소 개발업체 넥스지오는 바로 이 점을 들면서 자신들과 이번 지진은 관계가 없다는 것을 얘기했습니다. 이 취재과정에서 넥스지오 측은 '만일 9km까지 자기네들의 물이 영향을 줄 수 있었다면 그것은 전 세계적으로 대박'이다는 말까지 썼습니다.

가뜩이나 한창 불이 붙어 있던 넥스지오에 대한 감정에 기름이 끼얹어지는 순간이었다. 지열발전에 의한 지진은 시추 지점 근거에서 발생한다는 논문과 보도를 알았다는 것이 아닌가. JTBC는 이미 전날(22일) '데이터와 배치되는 주장, 지열발전 측 석연찮은 해명' 보도를 통해 이 회사의 신뢰성에 대해 매우 회의적인 입장을 드러냈다. '지난 9월 물 주입 등 작업을 중단한 이후 땅속에서 어떤 활동도 관측된 적이 없다거나, 대부분 규모 3.0 이하 지진만 있었다'는 주장이 모두 사실이 아닌 걸로 확인됐다고 지적했다. 작업 중단 5일 뒤인 9월 23일 규모 2.0 이하의 약진이 있었으며 4월 15일 3.1 규모 지진이 발생한 사실을 공개한 것이다.

23일은 결국 업체와 산자부 모두 사전에 입을 맞춘 채 국민을 속이고 있다는 비난을 사는 날이 됐다. 앞서 지적한 것처럼 이틀 전 보도에서 산자부는 '방송 취재를 계기로 미소진동 발생 사실을 알게 됐'으며 업체 측은 '관련 기관에 보고를 했는지 잘 알 수 없다'고 했다. 하지만 한국에너지기술평가원(에기평)을 거쳐 산자부에 문건으로 보고한 사실이 고스란히 폭로되고 말았다.

산자부 보고 당시 에기평은 '추가 지진 위험으로 물 주입을 중단하고 배수를 시작했다'며 '부득이하게 시험 가동이 지연될 것으로 판단한다'고 밝힌 사실도 드러났다. 넥스지오의 변명대로라면 (한기평에 의해) '산자부에 최종 보고됐는지를 몰랐다'고 발뺌할 수도 있다. 하지만 정부 과업 수행에 있어서 을의 입장인 업체가 사업기간 연장의 열쇠를 쥐고 있는 갑 중의 갑인 산자부에 2차 갑인 에기평을 통해 보고하고 결정을 통보받는 일이 얼마나 중요한지는 새삼 거론할 필요조차 없다.

만일 정직을 중요시하는 미국에서 사회적 지탄을 받고 있는 기업이 정부와 서로 짜고 언론을 통해 국민(소비자)을 속이거나 속이려고 시도한 사실이 드러난다면 원인규명에 이르기 전에 거짓말쟁이라는 주홍글씨가 붙여진 채 당장 소비자들에게 파멸 지경에 몰리고 말 것이다. 하지만 지열발전소와 진원, 진앙의 거리가 더 가까워진 사실이 드러났음에도 불구하고 아직까지 어느 누구 하나 문제를 인정하는 사람도, 주체도 없다.

어쨌든 포항시는 11월 23일 '조사 결과 등 모든 상황을 종합해 관련성이 인정되면 강력하게 법적 대응을 할 방침'이라고 밝히며 공세에 나섰다. 산자부도 22일 급격한 여론 악화를 의식한 듯 '국내외 지질·지진 전문가로 조사단을 구성해 포항 지열발전에 정밀진단을 할 계획'이라고 밝혔다.

# 창과 방패, 진용 정비한 긴급포럼

대한지질학회, 한국지구물리·물리탐사학회, 대한자원환경지질학회, 대한지질공학회는 지진 발생 9일 만인 11월 24일 서울에서 '포항지진 긴급포럼'을 공동주최했다. 이 자리는 전문가들이 정부와 업체를 배제시킨 상태에서 각각 자신이 속한 '연관파'와 '부정파'의 논리와 근거로 맞서는 첫 공론의 장이라는 점에서 큰 기대와 관심을 모았다. 이날 행사도 많은 보도 기사를 양산하는 계기가 됐지만 대덕넷(2017. 12. 14)을 구체적으로 인용해보기로 한다.

김광희 부산대 교수는 "포항 흥해 지역에서 운영해 온 임

시지진관측망 8개소 자료를 분석한 결과, 포항지진은 지하단층에서 발생한 것으로 해석되며, 지하단층이 포항 지진 발생 후 역단층성 주향이동을 했다"고 설명했다.

이준기 서울대 교수는 "지진파 전파, 지진원을 합친 관측자료를 활용해 포항 지진 데이터를 분석한 결과 이번 지진은 복잡한 단층면에서 발생했을 가능성, 고압 유체 영향 가능성이 존재한다"고 말했다. 특히 "동일본 대지진 이후 한반도 지각이 지진이 발생하기 쉬운 환경으로 전환되었으며, 그 여파가 지속되어 역사상 전례 없는 지진이 발생하고 있다"고 덧붙였다. 홍태경 연세대 교수는 "동일본 대지진 이후 한반도 유발 지각이 변위하는 등 응력 환경이 복잡해졌다. 지진파가 늦게 도착하고 지각이 약해지면서 응력이 발생하고 새로운 단층 발생 가능성이 있다"면서 "울산 앞바다, 보령 앞바다 등 역사에서도 전례가 없던 지진이 발생하고 있다는 사실이 이를 뒷받침한다"고 주장했다. 전문가들은 지열발전소와 관련된 유발지진 가능성도 인정하면서 보다 심층적인 조사 작업이 이뤄져야 한다는 입장이다. 이진한 고려대 교수는 '과학자는 과학적 모델을 만들고 검증하는 작업을 수행하기 때문에 지열발전소와 관련된 유발지진을 섣불리 단정할 수 없다'면서도 해외 사례를 소개하며 이에 대한 가능성을 제시했다. 이진한 교수는 "전세계적으로도 액체 주입(fluid injection)과 관련된 유발지진이 지난 2000년대부터 지속적으로 증가해 왔으며 인도 코이나 지진 등에서도 유발지진이 발생한 바 있다"면서 "특히 포항지진은 지열발전소와 근접한 지역에서 발생했다는 점에서 유발지진 가능성이 존재한다"고 말했다. 강태섭 부경대학교 교수는 "지진이 발생하기 위한 지진 모멘트 액체 주입량은 수백만톤이 주입돼야 가능하지만 포항에서는 실제 수천톤 주입에 불과했기 때문에 의구점이 있다"면서 "하나의 사건보다 포항 지역에 존재하는 확인되지 못한 지하 단층의 준비된 작용과 액체 주입이 함께 이뤄진 복합적인 원인이 작용했을 가능성이 있다"고 강조했다. 민기복 서울대 교수는 스위스 바젤과 비교하며 지열발전소와 유발지진에 대한 연관성에 의문을 제시하며 모든 가능성을 열어놔야 한다는 의견을 제시했다. 그는 포항지열발전 사업인 'MW급 지열발전 상용화 기술 개발' 사업 부분 연구 책임자로 참여하고 있다. 민 교수는 "지난 2006년 스위스 바젤에서 실시된 지열발전소 사업에서 12,000톤의 물이 주입되었으며 이 과정에서 2.6 규모의 지진이 발생했다"면서 "이어 약 5시간 후에 좀 더 큰 규모인 3.4 규모의 지진이 발생하면서 지열발전소와 물을 주입하는 과정이 중단됐다"고 설명했다. 그는 "다만 유발지진 수리자극을 공부한 전공자로서 바젤과 달리 주입 기간 동안에는 아무런 지진이 없었고, 지난 4월 3.1 지진 이후 2.3이 높은 5.4 지진으로 높아졌다는 사실이 학자 입장에서 이해가 가지 않는다. 연관성을 입증하게 되면 세계에서도 획기적인 연구가 될 것"이라고 덧붙였다. 전문가들은 이번 포항지진을 계기로 대형설비사업 시 철저한 지질학적 기초 조사와 지진안정성 평가가 선행돼야 한다고 입을 모은다. 전문가들은 지질 조사 인력 양성부터 활성 단층 지도 등에 국가적 지원과 과학계의 관심이 이어지는 계기로 삼아야 한다고 조언했다. 이진한 고려대 교수는 "그동안 한국은 원자력발전소에만 국한되어 활성단층을 조사해 왔으며, 전국 활성단층 지도 제작도 예산, 기간이 부족해 중단된 바 있다"면서 "올해부터 활성단층 지도 제작이 단계별로 추진되고 있다"고 밝혔다. 이 교수는 부지 선정이나 지질 조사 등에 대해서는 "과거에는 부지부터 정하고 건립하는 경향이 있었는데 거대 토목공사에는 반드시 지질 조사가 수반돼야 한다"면서 "포항을 비롯해 지역 기초 지질 조사 자료와 인력이 턱 없이 부족한 현실도 개선해야 한다"고 덧붙였다. 장찬동 충남대 교수도 매립지 아파트에 대한 우려의 목소리에 대해 "매립지의 성격을 제대로 파악하고 정확하게 설계한다면 구조적으로 충분히 지진 등을 대비할 수 있다고 본다"면서 "지질 조사를 제대로 진행해서 설계 지침을 마련하고 단층 운동 등에 대해서도 대비할 수 있도록 설계하는 것이 중요하다"고 강조했다. 과학계에서 논의를 통해 해결 방안을 찾고 국민을 안심시켜야 한다는 목소리도 있다. 김광희 부산대 교수는 "국내 지진학자들도 이번 지진에 대해 당황하고 있으며, 지진 원인에 대한 의견이 분분하지만 아직 결론을 찾을 때가 아니다"라면서 "모든 과학적 모델을 놓고 검증하면서 원인을 찾아야 한다"고 덧붙였다. 허민 대한지질학회 회장은 "지진 원인 분석은 학문적인 가치가 있지만 지진 대비도 어려운 것이 사실이다"며 "국민 눈높이에 맞춰 알권리 차원에서 이에 대한 논의의 장 마련과 해결방안을 모색하는 것이 필요하다"고 밝혔다.

이날 토론회는 예상 밖으로 그동안 수세에 몰린 것처럼 보이던 '부정파'가 물 주입량이 포항지진을 유발하기에는 물리량이 부족하다며 반격에 나서는 계기로 활용했다는 인상을 줬다. 특히 홍태경 교수는 넥스지오 윤운상 대표가 거세진 여론의 반발을 의식한 듯 한발 물러난 상태에서 이진한 교수에 대한 반대편 입장을 분명히 했다. 그는 이후 언론 인터뷰 등을 통해 부정파를 대변하는 대표적 전문가로 자리 잡았다.

두 교수가 이날 공식 배포하지는 않았지만 주최 측에 제출한 발제문을 입수해 분석한 결과 두 학자의 입장 차는 한결 더 분명해졌다.

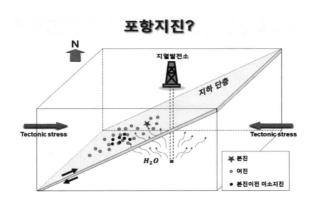

먼저 '유발지진의 개념'이라는 제목을 단 이진한 교수의
것은 그림을 통해 지열발전소가 단층 위에 세워지고 단층
을 일으키는 지체응력(tectonic stress)이 양측에서 압박하
는 가운데 주입된 물이 본진과 여진, 미소지진에 영향을 미
치는 원리를 보여줬다. 또 2015년의 사이언스(Science)지
자료를 인용해 '유발지진, 고압의 물 주입이 미 중부의 지
진과 관련성이 있다'는 보고서를 소개했다. 특히 그래프에
서는 2015년에 규모 3.0 이상의 지진이 650여 건에 이르는
심각한 실태가 확인됐다. 이어 그는 '물 주입이 유발하는
지진의 변수'로 누적 주입량, 월별 정두(wellhead, 井頭: 시
추장비와 유정 간 연결장치) 압력, 결정질 기반(crystalline
basement, 암석층)과의 근접성, 물 주입 빈도에 이어
'?'(드러나지 않은 변수)를 제시했다. 수량과 수압, 물 주입
량, 단층 존재 여부 등 이 책의 앞에서 정리한 몇 가지 쟁점
과 대략 일치하는데 결정질 기반과의 근접성 부분은 시추
파이프의 맨 앞에 달린 헤드와 암반층 간의 공극(간격)이
가까울수록 파괴력이 커진다는 개념으로 이해할 수 있다.

이 교수는 또 2017년 최근 입수한 '1952년 캘리포니아
케른 카운티 규모 7.5 지진이 유발지진인가'(수잔 휴 등)

자료를 공개하기도 했다.

홍태경 교수의 자료 '포항지진의 원인, 효과 그리고 향후 전망'은 총 36쪽 분량 중 절반에 가까운 16쪽을 동일본 대지진과의 연관성을 강조하는 데 할애했다. 특히 참혹한 현장 사진을 보여주며 동해안을 중심으로 한반도에 미치는 영향을 강조함으로써 포항지진의 자연지진적 성격을 부각시켰다. 또 이 교수와 마찬가지로 미국 오클라호마와 포항의 물주입량 등을 비교하는 그래프도 제시했다. 하지만 기준이 되는 단위가 달라 비전문가가 이해하기에는 다소 무리가 있었다. 마지막 부분에서 홍 교수는 '동일본대지진 후 한반도의 이전 지각환경으로 미회복, 지진 발생 빈도도 증가, 포항지진은 경주지진으로 응력이 증가된 지역에서 발생, 응력 추가 지역에 위치하는 활성단층 내에 기존 누적된 응력량에 따라 추가 중대형 지진 발생 가능성' 등을 제시했다.

그의 견해는 마지막에서 잘 드러났다.

'현재까지 확인된 다양한 물리량은 지열발전과 관련된 물 주입이 포항지진을 유발한 직접적 원인으로 지목하기 어려움.'

2011년 3월 11일 M9.0 동일본 대지진

2만명 사망

이진한 교수도 포항지진의 주원인으로 자연지진을 지목했다. 차이는 이 교수가 지열발전을 2차 원인, 방아쇠로 본 반면 홍 교수는 더 이상의 가정에 부정적이라는 점이다. 두 학자의 이 같은 견해 차이는 매우 중요하다. 홍 교수는 포항이 동일본대지진으로 인해 위험이 커진 동해안에 위치하고 경주지진으로 강한 응력을 받은 결과 지진피해를 입었을 수 있다는 '자연지진의 모델'을 누구보다 강조한 학자이다. 따라서 지진 발생 가능성이 큰 포항에 인간의 부주의로 유발지진이 발생했다는 가설이 검증돼 사실의 실체가 드러나거나 최소한의 근거를 더해간다면 그에 대한 비난

가능성은 그만큼 커진다. 과학자의 어깨에 실린 명성과 권위에 비례해 사회적 책임이라는 응력도 더 커진다는 것쯤은 지진의 발생 원리만큼이나 자연적인 이치임은 누구나 알 수 있다.

11월 15일 포항지진이 발생한 뒤 그 유발 원인에 대한 정보들은 전문가 및 업계 관계자의 방송 출연과 긴급 포럼에서의 토론, 언론 기고 등의 형식으로 대중에게 전달됐다. 그 범주는 크게 포항지진에 지열발전소가 원인이 됐느냐, 안 됐느냐였는데 주로 전자의 입장이 더 우세했다. 이는 주로 포항을 중심으로 지진 피해를 입은 시민들의 충격만큼이나 지열발전소에 의한 유발지진이라는 주장이 몰고 온 파장이 컸기 때문이다. 이어 한 종편방송사의 거듭된 고발 보도는 이 가설들이 사실로 드러날 가능성이 충분하다고 믿는데 상당한 근거로 작용했다. 피해를 입은 주민들의 분노는 더해 질 수밖에 없었다. 악화된 여론에 자연지진의 가능성을 제시하는 주장이 설 여지는 더 좁아질 수밖에 없었다.

이 같은 주장과 여론의 쏠림 현상은 어찌 보면 당연한 결과이지만 포항지진의 원인과 실체를 밝히는 데 오히려 걸림돌이 될 수 있다. 아무리 땅 속의 일이지만, 그리고 많은 시민들에게 피해를 준 일이지만 그 진실을 가려내기 위해서는 과학적 사실과 이론이 각종 근거를 갖춰 뒷받침해야 하기 때문이다. 자연과학은 가설의 수립과 철저한 검증을 거쳐 이론이나 법칙으로 발전해왔다. 이를 전제로 포항지진과 지열발전소의 연관성에 대한 주요 쟁점들을 하나하나 짚어보기로 한다.


## 쟁점1, 포항지열발전소 물 분사량과 압력

이진한 교수가 지열발전소가 포항지진의 유발 요인으로 추정된다고 처음으로 주장하면서 제시한 근거는 물 분사 압력과 수량이 지반 암석층에 미치는 가공할 만한 위력이었다.

지금 미국에 유전이 많은 데가 오클라호마하고 텍사스 지역입니다. 석유를 회수할 때 회수율을 높이려면 물을 강제로 주입해서 압력을 높인 다음에 암석을 파괴합니다. 그것을 수압파쇄라고 합니다. 원리는 물의 압력이 높아지면 암석의 강도가 낮아져서 쉽게 깨지게 됩니다. 그래서 그렇게 물을 많이 주입해서 석유를 많이 회수하고 그리고 최근에는 오일셰일 때문에, 오일셰일 같은 건 굉장히 많이 깨뜨려야 합니다. 그래서 물을 많이 주입합니다. 그러면서 지진이 급격하게 늘었습니다. 그것을 전문가들은 triggered earthquakes, 유발지진이라고 부릅니다. 〈뉴스룸 '포항 지진, 지열발전소 건설이 영향 준 것이라 생각', 2017. 11. 15. 20:56〉

이에 홍태경 교수는 11월 24일 JTBC 뉴스룸 전화 인터뷰 '물 주입량 적어…포항 지진 연관성 보기 어려워'를 시작으로 이후 매체를 바꿔가며 반박에 나선다.

오클라호마에서 매달 2,000만㎥에 해당하는 폐수량이 투입됐습니다. (포항의)1만 2,000㎥에 비해서는 어마어마하게 많은 양이 투입이 됐습니다. 그중 7,000㎥는 다시 땅 위로 배출돼 지중에는 5,000㎥의 물만 남아 있습니다.

그는 한 달여 뒤인 12월 26일자 서울신문에 '홍태경의 지구 이야기'에 기고한 '지열발전소로 인한 유발지진 논란' 칼럼에서 더 구체적으로 수치를 밝혔다.

2016년 1월부터 2017년 9월까지 4~5회에 걸쳐 총 1만 2,800㎥의 물 주입이 있었다. 물 주입 후 지속적인 배수 효과로 인해 땅속에 남아 있는 물의 양은 5,800㎥ 정도로 알려져 있다.

하지만 이 문제를 유독 강조하는 홍 교수가 정작 정확한 주입 수량을 파악하고 있는지는 의문이다. 그는 신동아의 2018년 1월호 '포항 지진 이후…무엇을 해야 하나' 인터뷰에서 '미국 오클라호마에서는 몇 년간 매달 수백만㎥의 물을 땅속으로 주입했다'고 밝혔다. 수백만㎥와 2,000만㎥의 차이는 결코 작지 않다.

물 주입량과 지진 발생의 연관성에 대한 속 시원한 해답은 없다.
'지진 규모는 투입하는 물의 양과 정확히 비례한다. 포항 본진 규모(5.4)의 지진이 발생하려면 현 수량의 2,000배는 넣어야 가능하다'는 한국지질자원연구원 송윤호 전략기술연구본부장의 분석이 언론보도로 알려진 정도이다. 하지만 이 역시 송 본부장이 포항지열발전소 컨소시엄에 참여하고 있는 점을 고려하면 미심쩍은 구석이 있다.

해외 자료로는 미국지질조사국(USGS)과 콜로라도대 공동연구팀이 2014년 7월과 2015년 6월 과학저널 사이언스에 잇달아 실은 '오클라호마 유전지대의 유발지진'에 관한 논문을 참고할 수 있다. 하지만 두 번째 논문 'Pumped Up to Rumble'(진동이 날만큼 펌프하다) 역시 '한 달에 30만 배럴(약 3만5천㎥)의 물을 주입하는 곳에서는 그렇지 않은 곳보다 유발지진을 일으키기 쉽다'는 언급에 그치고 있다.

단, '수압파쇄를 통해 셰일가스를 개발하는 오클라호마 주 등 미국의 많은 주에서 2014년까지 천문학적으로 증가한 지진활동의 더 구체적 원인이 폐수의 높은 주입 속도에 있음'을 과학적으로 증명한 점을 주목해야 한다. 높은 주입 속도란 '수압'을 의미하기 때문이다.

이 문제를 따지기에 앞서 우리는 넥스지오 윤운상 대표가 지진 발생 다음날 JTBC 뉴스룸에 전화인터뷰로 첫 등장했을 당시 이 문제에 유달리 민감하게 반응했던 장면을 떠올려볼 필요가 있다.

사실은 수압파쇄가 아니라 저희는 수리자극을 합니다. (중략) 미국이나 이런 데 셰일가스 같은 경우는 몇 백만 톤의 물을 집어넣는다고 하면 저희는 그것에 비해서 아주 약소한 수준의 수리자극을 하고 있기 때문에……

윤 대표는 '수입파쇄는 암반에 틈을 깨는 방식이고 수리자극은 원래 있던 암반의 틈을 벌려 인공의 저류층을 만드는 것'이라고 덧붙였다. 국립재난안전연구원이 2017년 12월 정부에 긴급 보고한 자료를 입수한 결과, 표면적으로는 오클라호마 주의 셰일가스 개발과 포항의 지열발전은 수압파쇄 메커니즘이 다르다. 전자는 대량의 물 주입→균열 및 유체 통로 생성→석유 채취 및 빈 공간 생성의 공정이다. 반면 지열발전은 기존의 균열에 소량의 물 주입→균열을 어긋나도록 하여 통로 활성화의 과정을 거친다는 것이다. 윤 대표를 비롯한 '부정파' 인사들은 심지어 '지하에 물을 흘려보낸다'는 표현을 쓸 만큼 이 문제에 대해 조심스러운 반응을 보여왔다.

하지만 포항지열발전소의 물 주입은 결코 '흘려보내는' 정도가 아니라 아예 암반을 파쇄할 만큼 강력한 수압파쇄였다는 근거들이 쏟아져 나왔다. 심지어 전 세계를 통틀어 유례를 찾을 수 없을 만큼 '황당무계한 위험한 시공'이었다는 주장마저 제기됐다.

이번에도 의혹을 제기한 선두에는 JTBC가 있었다.

포항지열발전소의 시추와 물주입 작업을 맡았던 중국 유니온 페트로란 회사의 홈페이지입니다. 포항지열발전소에서 지하 4㎞까지 뚫은 주입정과 생산정, 두 파이프 사

이에 인공적으로 물의 흐름을 만들기 위해 벌인 작업 과정을 자세하게 소개합니다. 특히 물주입 작업이 한창이던 지난 4월 6일, 지하에 인공 지류를 형성하기 위해 89MPa의 수압을 가했다고 밝히고 있습니다. 이 정도 고압의 파쇄는 중국에서도 거의 볼 수 없었던 작업이라고 강조합니다. 89MPa는 880기압 정도에 달하는 고압으로 지하 암반을 분쇄하는 가스 채굴 작업 등에 가해지는 수준입니다. 포항과 마찬가지로 비화산지대에 지열발전소를 건설한 프랑스 솔츠 지역에서 물주입 당시 평균 수압은 14.5MPa, 일본 오가치 지열발전소는 19~22MPa의 수압을 가했습니다. 해외 지열발전소들이 가했던 수압의 4~5배로 단순 자극이 아닌 파쇄 수준이었다는 지적이 나옵니다. (중략) 발전소연구단이 작성한 진동 관리 방안 보고서에도 주입 압력이 클수록 더 큰 진동이 발생했다는 해외 실증 사례가 소개돼 있습니다. 실제 유니온페트로는 4월 15일까지 물주입 작업을 벌였고, 다음날인 16일 규모 3.1의 지진이 발생했습니다. 〈"'포항지열발전소 물 주입, 단순 자극 아닌 '암반 깰 압력'", 2017. 11. 30. 20:55〉

포항지열발전소의 이 같은 고압파쇄에 대해 더 구체적으로 살피기에 앞서 스위스 바젤의 사례를 짚고 넘어갈 필요가 있다. 포항과 같은 이지에스 방식인 이곳의 사례는 전 세계에 획기적 사업으로 지목됐던 기대에 비례해 그 영구폐쇄 결정에 따른 충격이 컸다. 일례로 미 연방 정부가 자금을 지원하는 캘리포니아 지열시스템 운영사 AltaRock Energy는 2009년 12월 11일 바젤 시스템의 영구 폐쇄가 결정된 다음날 프로젝트 포기를 선언했다. 바젤의 이지에스는 유럽이나 미국의 유사 사례에 비해 사업의 구체적 현황과 문제점들이 잘 규명돼 풍부한 정보를 제공한다는 점에서도 포항의 이번 사태에 시사하는 바가 여러 모로 크다.

앞서 밝힌 국립재난안전연구원의 자료는 한국암반공학회 '바젤 이지에스 프로젝트의 미소진동관리 사례연구'(이상돈) 논문을 인용했다.

자료에 따르면 바젤의 이지에스는 심도 5,000m 주입공 1곳에 초당 100ℓ의 물을 주입하고 2개의 생산공에 초당 50ℓ씩 순환시켜 연간 31GWe의 전기와 48GWe 열생산을 목표로 추진됐다. 2005년 3월부터 1년여 동안 모니터링

시스템 설치 및 테스트 등 준비기간을 거쳤다. 모니터링을 위해 반경 5㎞ 내에 6개의 모니터링 관정과 7개의 지진계를 설치했다. 이후 2006년 4월 중순 시추 이후 145일만에 5,009m 시추를 마쳤다. 11월 23일부터 26일까지 최고 압력 73.8bar, 최대 유량 9.94ℓ/min의 사전 수리자극을 실시했다.

하지만 문제는 12월 2일 최고 압력 296bar, 최대 유량 3,750ℓ/min의 주요 수리자극을 한 뒤 발생했다. 나흘 뒤인 6일 규모 2.6의 지진이 관측돼 압력과 유량을 감소시켰으나 다시 1시간 뒤 규모 3.4 지진이 발생해 수리자극과 제2 시추공 시추를 중단했다.

바젤의 경우 사고 후 대책도 철저히 진행됐다. 스위스는 인근 독일, 프랑스 등 3국의 지진전문가로 SERIANEX(다국적 지진위기분석 전문가그룹)를 구성해 3년간 조사를 벌였다. 그 결과, 지열발전을 계속 추진하면 바젤시 주변의 단층이 자극받아 개발단계에서 이미 30번(8번은 규모 3.4 또는 그 이상), 이후 30년간 운영 기간에 최소 14번~170번에 이르는 지진발생이 우려되며 특히 최대 규모 4.5의 가능성을 예측했다.

결국 바젤 주정부는 바젤지역 인근의 지질학적 특수성으로 인해 중단결정을 내린다며 타 지역 심부지열 프로젝트의 진행 여지는 열어뒀다.

바젤의 이 사례를 포항에 겹쳐 보면 한국은 '지열빈국'일뿐만 아니라 '지열 발전 안전의 후진국'이라는 결론에 이를수밖에 없다. 물 주입 후 63회의 지진이 발생하고 특히 1번은 3.1이었는데도 불구하고 공사를 강행했으니 말이다.


일단 중요 쟁점인 수량에 관해서 정리하자면 해외 사례와 포항을 정확히 비교할 근거가 부족하다는 점이다. 학자들의 견해에 따르더라도 수백만~수천만㎥ 규모인 오클라호마의 주입 수량과 포항의 12,800㎥을 비교하기에는 셰일가스 생산과 이지에스 공법 간에 차이가 있다. 오클라호마와 포항의 면적은 물론 시추공 수도 수천개 대 2개로 산술적으로 비교가 어렵다.

그리고 무엇보다 중요한 것은 지반의 구조와 강도이다. 포항의 지표에는 신생대 3기의 퇴적층이 두껍게 분포돼있어 상대적으로 지반이 약한 곳으로 손꼽힌다. 포항의 땅

밑에 '떡돌'로 불리는 이암(泥岩 mudstone)층이 많은 이유이다. 거꾸로 주관적 단어인 '무려'와 '고작'을 번갈아 써가며 포항에 주입된 수량이 미국에 비하면 턱 없이 부족하다는 부정파의 두 전문가에게 묻고 싶다. 지진이 발생한 두 곳의 지질적 특성과 공정 등 차이점도 명확히 제시하지 못하면서 수량 비교에 매달리는 과학자로서의 태도가 과연 합당한가를.

물 주입량에 관한 자료는 포항의 지반을 고려했을 때 또 다른 사실을 암시하고 있다.

JTBC 앵커는 "프랑스 지열발전의 '6배' 수준"(2017. 11. 30. 21:06) 보도에서 기자에게 높은 수압이 가해진 이유에 대해 물어봤다.


지열발전 과정은 먼저 2개의 파이프를 지하 깊숙이 넣어서 그 사이에 물이 흐르도록 인공 지류를 만들어야 합니다. 주입정에서 넣은 물이 땅속에 형성된 인공 지류를 타고 생산정으로 올라가게 되고 그 과정에서 받는 지열로 인해서 물이 증기로 바뀌고 그 증기가 다시 생산정을 통해서 발전기를 돌리게 되는 원리입니다. 하지만 파이프 거리가

600m에 달하기 때문에 수압이 세야 그만큼 다른 파이프로 물이 전달될 가능성이 높아집니다. 그런데 유니온페트로 홈페이지를 보면 생산정에서 나온 물의 유량은 많지 않다는 것을 볼 수 있습니다. 애초 넥스지오 측이 외주를 맡길 때 내걸었던 조건이 60ℓ/sec의 유량을 원했습니다. 즉 1초에 60ℓ 가량의 물이 생산정으로 회수되는 걸 원했던 건데 8ℓ를 달성해 목표치의 15% 정도밖에 되지 않았습니다. 이 때문에 더 강한 수압으로 물을 보내 유량을 높이려 했던 것으로 보입니다.

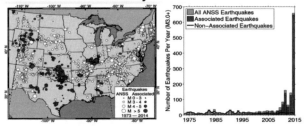

고압의 물 주입이 미 중부 대륙의 지진 증가와 관련이 있다는 「사이언스」지의 내용

배출수 회수율이 높을 수록 지열발전의 경제성이 좋다는 것인데 포항은 목표치의 15%에 불과하자 파쇄수압을 높여 총회수율이 54.4%에 이르렀음이 국회 자료를 통해 확인됐다. 총 12,800㎥에서 절반이 좀 넘는 6,963㎥을 회수할 수 있었던 것이다. 앞서 밝힌 한국재난안전연구원의 문건에 인용된 이상돈의 자료와 비교하면 중요한 사실 하나를 알 수 있다. 바젤의 이지에스는 '심도 5,000m 주입공 1곳에 초당 100ℓ의 물을 주입하고 2개의 생산공에 초당 50ℓ씩 순환'시키는 시스템이다. 자료대로라면 100% 회수된다. 포항지열발전소 아래의 지반 상태를 짐작케 하는 부분으로 나머지는 모두 지반에 스며들어 학자들의 표현대로 물리량을 형성했을 수밖에 없다. 그런 수량과 수압이 가진 파괴력이 포항의 약한 지질 구조에 어떤 영향을 끼쳤을지는 전문가가 아니더라도 추측하기란 어렵지 않다.

## 수압 89MPa는 워터제트가공기 1/4 위력

심지어 유니온페트로는 지열발전의 목적이 아니라 자신

들이 저지른 시공 과정의 하자를 해결하기 위해 무리하게 물 주입을 시도했다는 어이없는 사실이 보도를 통해 드러나기도 했다. 시추 과정에서 파이프가 절단되자 그걸 지하에서 회수하기 위해 200여 톤에 가까운 압력을 가했던 것이다.

그 과정에서 포항지열발전소 아래 지반에 가해진 최대 89MPa의 압력이 가진 위력은 어느 정도일까.

압력을 나타내는 단위 중 1bar(바)는 0.1MPa이다. 따라서 포항의 89MPa는 890bar로 환산된다. 보통 아파트의 수압은 2~3bar이며 4bar를 넘지 않는다. 물을 이용해 철 절단, 절삭 등 금속가공을 하는 '워터 제트' 가공기의 고압은 4,000bar로 알려져 있다. 쇠를 깎는 초고압의 1/4에 가까운 수압을 포항의 땅 속에 가한 것이다. 그런데도 '수리 자극'을 했을 뿐이며 수량이 '고작 12,800㎥에 불과'하다는 점을 방패처럼 내세우는 것은 이번에 인터넷에 실렸던 누구의 말처럼 '세상 편한 주장'일 뿐이다.

더 사이언스 타임스의 기사 '지진을 일으킬 수 있는 지열발전시스템'에 보도된 미국지질조사국 지진피해팀 콜린 윌리엄스의 충고를 들으면, 이번 포항지진 사태에서 국내 일부 학자들이 미국과 비교할 것은 '주입수량'이 아니라

'전문가로서의 태도'가 먼저라는 것이 드러난다.

지진의 빈도와 규모는 펌프질을 하는 물의 양과 속도에
따라 다르다. 이에 따라 물의 양과 속도를 조절해 지진 발
생을 최소화하는 게 핵심이다.

국내 학자의 비슷한 조언도 있다. 장찬동 충남대 지질환
경과학과 교수는 '지열발전 할 때 지진이 나는 것은 알려
져 있는 사실이다. 지진 규모를 높이지 않도록 컨트롤하면
서 개발한다'고 말했다. 〈한겨레 2017. 12. 4.〉

그러나 포항 지열발전 현장에는 유발지진 발생을 줄이
기 위한 이와 같은 금과옥조는 아예 안중에 없었던 것으로
볼 수밖에 없다. 시공사와 주관사에게는 설비의 부품을 회
수해 손실을 줄이고 공사를 차질 없이 진행하는 일이 우선
일 뿐, 유발지진 발생으로 인해 그 땅에 살고 있는 사람들
이 겪어낼 고통에 대한 관심은 뒷전에 던져두고 있었음이
드러나고 있기 때문이다.

# 쟁점2, 물 주입과 지진 발생 시기의 연관성

'부정파' 교수들이 지질발전소와 포항지진과의 연관성이 낮다고 주장하는 또 다른 근거는 물 주입 시기와 미소지진 빈도, 규모 5.4 발생 시기가 일반적인 모델과 맞지 않다는 것이다.

결론부터 내리면 이 주장을 뒷받침할 수 있는 학술적, 실증적 근거도 아직까지 발견할 수는 없었다. 있다면 '부정파' 교수들이 먼저 제시했을 텐데, 그들도 의문을 제기할 뿐 어느 누구도 단 하나도 제시한 적이 없으니, 비전문가로서 없을 것이라는 확신만 더 깊어진다. 문제 제기에 앞장서는 교수들의 얘기를 들여다보면 온갖 모호함으로 가득 차 있다.

(포항지진과) 여러 가지 물리량이 또 부합하지 않는 부분이 있습니다. 예를 들어서 규모 5.4 지진이 정말로 이 지열발전소와 관련된 것이라면 규모 2.2, 3.1 지진 등이 한 4차례 사전에 발생을 하고 규모 5.4로 바로 연결이 됐는데 이런 것들이 일반적인 지진 법칙에 부합하지 않습니다. 이렇

게 규모 5.4 지진이 한 번 발생하기 위해서는 규모 4나 규모 3, 규모 2가 수백 번, 수천 번 발생을 해야지만 규모 5.4가 발생하는 것이 납득이 갑니다. 그런데 소규모의 지진이 없는 상태에서 바로 5.4로 연결된 것이 과연 이런 물 주입과 연관이 돼 있는지 좀 의심스럽습니다. 〈JTBC 뉴스룸 홍태경 교수 전화인터뷰 2017. 11. 24.〉

스위스 바젤에서 2006년 지열발전을 추진하다 규모 2.6 지진이 발생하자 물 주입을 멈춘 뒤 5시간 만에 규모 3.4의 지진이 잇따랐다. 이전에 이미 수백개의 미소지진이 난 상태였다. 포항의 경우 물 주입이 끝난 지 두 달 만에 지진이 일어난 것도, 포항지진의 전진이 규모 2.3이었는데 이전에 이미 규모 3.1의 지진이 났었다는 것도 이해가 안 된다. 〈긴급토론회 민기복 서울대 교수 2017. 11. 24.〉

이처럼 이들 학자는 의문만 제시했을 뿐 '일반적인 지진 법칙에 부합하지 않다'면서도 지진 법칙을 제시하지도 않았다. 무엇보다도 JTBC가 이틀 전 보도한 63회 유발지진 발생 사실을 전혀 언급하지 않은 것을 알았으면서도 단순

한 실수거나 보도를 보지 않은 결과라고 과연 볼 수 있을까.

이러니 비전문가들은 섣불리 반박할 수도 없게 돼 더 딜레마에 빠지게 된다. 결국 묘하게도 전문가들은 애매모호한 근거로 쟁점을 만들어내서 대다수 시민들이 선택한 '연관파'를 난처하게 만드는 효과를 보게 된다.

여기에 대응해 제시할 수 있는 사례와 이론도 뾰족하지 않기는 마찬가지다.

미국지질조사국이 '유발지진'에 대해 설명해 놓은 누리집 자료를 보면, 유발지진은 물을 주입한 지점에서 10마일(16㎞) 떨어진 곳에서 발생하기도 하고, 주입한 지점보다 훨씬 깊은 곳에서 일어나기도 한다. 또 지질조사국은 시뮬레이션 연구를 통해 10년 뒤 유압이 훨씬 먼 지점(24㎞)까지 영향을 미치는 것으로 추정했다. 〈한겨레 2017. 12. 04. 07:03〉

이밖에 엘 살바도르의 경우 물주입 후 2주가 지난 시점에 규모 3.6이, 프랑스 솔츠에서도 물 주입 10일이 지난 뒤 2.6 지진이 일어났다는 사실이 알려져 있을 뿐이다. 결국 이 경우에도 강도가 약한 포항의 지반 특성을 고려하지 않은 당국과 업체 측의 문제를 지적할 수밖에 없다. 즉 무리한 수압 파쇄, 규모 5.8의 경주지진으로 축적된 응력, 파쇄대의 단층 활성 가능성을 고려하지 않은 입지 선정 등이 복합적으로 작용해 새로운 유발지진 모델이 만들어졌을 것이라는 추정만이 가능할 뿐이다.

아무리 천 길 아래 땅속의 일이지만 11월 15일 이후 피해의 사례만큼이나 인재(人災)의 정황이 쏟아져 나오고 있는데도 포항지진의 유발지진 가능성을 따지는 일은 여전히 장님이 코끼리 다리 만지기 식이다. 지진학의 현실적 한계를 거론하지 않을 수 없다.


## 지진학, 모호함의 학문인가

2015년 9월에 발간된 중앙선데이 445호에는 '불의 고리, 50년설 근거 약해 - 지하수 과다 개발이 문제'라는 제목으로 이윤수 당시 한국지질자원연구원 책임연구원의 흥미로운 칼럼이 실렸다.

오늘날 인류의 산업활동과 저수시설, 지하수의 과다 이

용으로 곳곳에서 많은 지진이 발생한다. 이를 저류암 유발 지진(RIS, Reservoir Induced Seismicity)이라고 부르는데, 물이 주변 암석의 기공에 침투해 암석의 공극압을 낮춤으로써 암석의 파괴가 쉽게 일어나기 때문이다. 1967년 인도 중부 코이나 지역에서 규모 6.3의 지진이 보고된 바 있다. 바닷물을 (미국의) 산안드레아스 단층 속으로 주입해 인공지진을 일으키려던 악당을 소재로 한 영화도 이 원리에서 영감을 받은 것이다.

이러한 인위적 요인을 제외하면 자연적으로 발생하는 지진이 특별히 증가했다는 증거는 없다. 지진 전문가들은 지진계측기술의 발달과 지진계의 지구촌 보급 확대로 상대적으로 많은 지진이 관측되는 것으로 해석하고 있다. 우리 인류가 지진계를 사용해 지진을 관측한 것은 100년 남짓이다. 더욱이 20세기 전반기는 두 차례에 걸친 전쟁과 복구로, 지진계측이 체계적으로 이뤄진 것은 겨우 50~60여 년에 불과하다. 적어도 지금보다 10배 이상 기간의 꾸준한 지진자료가 구축되었을 때 신뢰성 높은 지진 주기 스펙트럼을 구할 수 있다. 50년마다 불의 고리에서 대지진이 발생한다는, 이른바 '불의 고리의 50년 주기설'은 학술적으로 근거가 없다고 판단된다.

포항에서 2016년 1월 물 주입이 시작되기 5개월 전쯤 공개된 칼럼이므로 아예 지열발전소라고 못 박아 줬으면 더 도움이 됐겠다는 아쉬움이 드는 점을 제외하면 지금 우리의 딜레마를 극복하는 데 시사하는 바가 크다.

이 전문가를 통해 비전문가들은 계량화된 지진학의 역사가 50~60년에 불과하며 지진 주기뿐만 아니라 지진 발생 모델의 축적도 엄청난 시간과 노력이 더 필요하다는 점을 알 수 있다. 심지어 불의 고리 50년 주기설도 학술 근거가 오리무중이라고 판단될 만큼.

보는 관점에 따라서는 한국의 지진학자들에게 더 불편한 얘기가 될 수도 있겠지만 사이언스 북스(2015.12.01 10:53)에 실린 '대한민국 1호 지진학 박사' 이기화 서울대 명예교수의 인터뷰를 통해 본 국내 학계도 사정은 다르지 않은 것으로 보인다.


제가 기상 장교로 있다가 지진 공부를 하겠다고 해서 미국에 갔더니 좋은 선생님 만나 가지고 제대로 공부하고 학위 따자마자 캐나다 연구소에 가고, 또 은사님이 끌어 주셔

가지고 서울대로 돌아오고, 돌아와서 보니까 지진은 한국에선 일어나지도 않아요. 참나, 나지도 않은 지진을 연구할 수도 없고, 그래서 전공을 바꿀까, 중력을 할까 고민하게 되었던 참에 홍성에서 지진이 일어났습니다. 제가 서울대에 부임한 게 3월인데 10월에 홍성 지진이 나지 않았습니까? 당장에 제가 한국 제일의 지진 권위자가 되어 버렸어요. 그때부터 매스컴을 타기 시작한 겁니다.

홍성지진이 1978년에 일어났으니 이 교수가 국내 학계의 처녀지를 개간한 지가 40여 년쯤 됐다는 건데 이마저도 전 세계적 사정과 10~20년밖에 차이가 나지 않으니 지진학은 사적(史的) 기준으로는 다소 평준화된 학문 분야라 할 수 있다.

매일신문에 실린 김교원 경북대 지구시스템과학부 교수의 인터뷰(2017. 12. 27. 00:05:00)에서도 학계의 비슷한 사정을 엿볼 수 있다.

학부에서 지질학을 전공했다. 지질학은 공학적인 개념이 없다. 그래서 대학원에서는 전공을 토목공학(지질 및 지반공학)으로 바꿨다. (중략) 우리는 땅 밑에서 일어나는 일을 정확히 알 수 없다.

결국 이번 포항지진의 원인을 둘러싼 쟁점들이 미궁 속을 헤매고 있는 밑바탕에는 미지의 세계에 도전하는 지질학의 숙명적 운명과 지진학의 얕은 역사가 함께 깔려 있을 것이다. 우리는 이 책의 앞에서 '자연에서는 무슨 일이든 발생'할 수 있으며 '지질학은 예측 가능의 학문으로 진화해야 한다'는 '자연의 교훈'을 인용한 바 있다. 물론 이러한 이유로 수많은 이웃들을 백주대낮에 길거리로 뛰쳐나오게 할 재난이 올 때까지 유발지진에 대한 아무런 경고음 하나 울리지 않은 우리 사회 모두의 책임이 면해지지는 않을 것이다. 하물며 늘 양심에 두 손을 얹고 있어야 하는 학자로서야 더 말할 나위가 없다.

## 쟁점3, 지열발전소의 지반은 안전한가

이 책의 앞에서 밝혔듯이 단층은 지층이 압력을 받아 끊어진 것으로, 지진은 단층에서 생기고 지진이 일어나는 단층은 활성단층이라는 것은 지진학의 상식으로 통한다. 작은 지진은 작은 단층에서, 큰 지진은 큰 단층에서 생긴다고 이기화 교수는 설명하고 있다.

따라서 원자력발전소 부지는 활성단층을 피해서 선정한다. 하지만 고리원전은 홍성지진이 발생한 해인 1978년 4월부터 상업운전을, 월성원전은 7월에 착공을 했기 때문에 활성단층인 양산단층의 영향을 설계에 반영하지 않아 그동안 탈핵운동 진영의 주요 타격 대상이 돼 왔다.

포항지열발전소의 부지가 단층 위에 정해졌다는 주장을 최초로 제기한 사람은 이진한 교수였다. 이 교수는 15일 방송 출연에서 2016년 경주지진 이후 새로운 단층을 연구하는 과정에서 포항의 단층대에서 미소지진이 발생하고 포항지열발전소의 수압파쇄가 미친 유발지진으로 추정하게 됐다고 밝혔다.

이후 포항지진의 주요 쟁점 가운데 지열발전소가 입지한 단층대, 특히 활성단층이 미친 영향만은 정부와 사업단, 학계 등 참여 주체들의 총체적 문제가 거의 유일하게, 상대적으로 가장 명백하게 드러난 것으로 판단된다.

이번에 제기된 여러 자료와 주장들을 종합해 잠정결론을 내리면 다음과 같다.

전 세계 지열발전소의 95%는 주로 파쇄대, 즉 지층이 부딪혀 갈라진 지반 위에 설치돼 유발지진의 원인이 되고 있는데 포항의 경우 활성단층을 고려하지 않고 암반을 깨트리는 수압파쇄를 해 유발지진을 일으킨 것으로 추정된다.

11월 15일 지진 발생 당일 이진한 교수가 포항지열발전소에 의한 유발지진 가능성을 제기하면서 그 근거 가운데 하나로 제시한 활성단층의 존재 및 영향은 한동안 논란의 밖에 있었다. 21일 JTBC는 포항지열발전소 참여 주체들이 2014년에 작성한 '미소진동 관리방안 보고서'를 입수해 공개했다.

주요 내용에는 비화산지대 물 주입 방식 지열발전과 소규모 지진의 상관관계에 대해서 철저한 연구와 관리가 필요하다는 것이 골자이다. 또 현재 발전소가 이미 자리 잡은 포항 인근의 지진 이력과 단층 분포 등에 대한 철저한 조사의 필요성도 강조돼 있었다. 이날 방송을 통해 정부가 지열발전소의 부지를 선정하는 과정에서 지질 조사조차 하지

포항·경주 인근 단층 및 원전시설

11월15일
규모 5.4

포항

작년 9월12일
규모 5.8 (본진)

경주

월성
신월성
원전

대구

경북

울산

울산단층

밀양
밀양
단층

양산

고리
신고리
원전

경남

자인단층

모량단층

일광단층

양산단층

부산
동래단층

단층의 종류와 이동 방향

주향이동단층
작년 경주 지진과 15일 포항 지진의
단층면 분석이 유사한 것으로 추정

단층면

단층면

단층면을 따라 단층과
평행한 방향으로 수평 이동

정단층

단층면

상반

하반

역단층

상반

하반

자료/ 한국지질자원연구원, 기상청 등 종합

연합뉴스

이재윤 기자 / 20171115  트위터 @yonhap_graphics 페이스북 tuney.kr/LeYN1

않은 사실이 쟁점으로 떠오른 것이다.

24일 관심이 집중됐던 긴급포럼에서도 활성단층의 입지 논란은 재점화됐다.

이진한 교수는 '포항은 단층대가 직접 물 주입의 영향을 받지 않았나 걱정된다. 단층지대인 포항에서 지열발전을 위한 물 주입은 일반 암반 저유층보다 더 큰 영향을 일으켰을 뿐만 아니라 활성단층이므로 적은 양으로도 지진이 유발된 것으로 추정된다'는 의견을 제시했다. 하루 전 전화 인터뷰에서 '물을 넣으면 단층대가 젖게 되고, 따라서 단층대의 수압이 급격하게 상승하는데 그래서 지진이 발생하기 쉽게 되는 환경이 되지 않았나'라고 밝힌 추정에서 더 나아간 것이다.


## 음모론 냄새 풍기는 활성단층 논란

이후 '2015년 보고서'와 '파쇄대 입체영상' 공개를 통해 추가로 드러난 사실들을 보면 포항지열발전소와 포항지진과의 연관성은 학자의 연구실에서 '물리량'이나 '지진모

델'로 검증할 일이 아니라 검경의 조사실에서 음모와 혐의에 대한 수사를 통해 전모를 가려내야 할 일이라는 판단마저 들 지경이다.

　포항지열발전소연구단이 지난 2015년 작성한 '미소진동 관리 방안 보고서'입니다. 보고서는 발전소 지하의 물 주입 작업 시 가까운 위치에 단층이 있을 경우 큰 지진이 발생할 수 있다며 관련 조사 결과를 포함했습니다. 국내 한 논문을 인용해 기존에 알려진 양산단층 외에 발전소 근처에 흥해단층, 곡강단층, 형산단층 등 3개의 다른 단층이 존재하고 있다고 설명합니다. 그런데 정작 발전소는 흥해단층과 곡강단층 사이에 자리를 잡았습니다. 양산단층의 존재는 명확히 알려졌지만 나머지 단층들은 지표에서 관찰되지 않아 존재가 불확실하다는 이유 때문입니다. 발전소가 양산 단층에서 10㎞ 떨어졌기 때문에 물 주입 작업이 영향을 주지 않을 것이라고도 강조했습니다. 결국 다른 단층의 존재 가능성을 알면서도 외면했다는 지적이 제기됩니다. 지진 발생 보고 체계도 물 주입 작업이 1년 가까이 진행된 뒤에야 확립된 것으로 확인됐습니다. 발전소를 감독

하는 한국에너지기술평가원 측은 JTBC 취재진에 지난해 12월 26일 지진 발생 시 보고 체계를 정비했다고 밝혔습니다. 앞서 8일 동안 3,680여 톤의 물을 주입한 이후 다음날인 23일 발전소 인근에서 실제 규모 2.2 지진이 일어나자 보고 체계를 만든 겁니다. 제대로 된 단층 조사나 보고 체계 없이 물 주입 작업을 진행했다는 사실을 둘러싸고 논란이 커질 것으로 보입니다. 〈JTBC 뉴스룸 '인근에 다른 단층 존재 알고도 터 잡은 발전소' 2017. 11. 24. 20:51〉

이 보도 이후 추가로 일련의 사실들이 드러나자 포항시민을 비롯한 포항지진의 피해자들은 이번 지진이 지열발전소의 가동 과정에서 부주의에 의해 우발적으로 발생한 사고가 아니라 아예 입지 선정과 수입파쇄 등 과정에 음모가 개입된 것이 아닌가라는 의심을 품기에 이른다.

먼저 2014년의 보고서는 포항 인근의 지진 이력과 단층 분포 등에 대한 철저한 조사의 필요성을 강조한 정도에 그쳤다. 반면 2015년의 보고서는 더 구체적으로 가까운 곳에 단층이 있을 경우 '큰 지진'의 발생 가능성을 우려하고 있다. 그러면서도 별도의 조사는 하지 않은 채 기존의 논문을 인용해 양산 단층과 10㎞ 떨어져 있다고만 밝혔을 뿐 단층이 없는 지반이라는 점은 확인하지 않았다. 기자의 말대로 다른 단층의 존재 가능성이 있는데도 불구하고 외면한 것이다. 위험 관리는 가장 보수적인 자세로 임해야 한다는 것은 위험학의 기본으로 통한다. 포항의 현 위치에 부지를 선정하고 이후 이들 보고서를 작성한 시점에 단층의 존재를 검토하지 않고 이지에스에 의한 유발지진 발생 사례를 몰랐으니 무능하다는 비난을 받고 끝날 일은 아니다. 과학에서 가장 심각한 잠재적 위험은 무능함에 있기 때문이다. 문제는 이번 일이 단순한 부주의나 무능함에서 비롯되지 않고 위험을 인식하고도 은폐한 음모의 혐의가 있다는 점이다. 과연 각계 전문가와 관료들이 7년 이상 이 사업을 추진해오면서 2000년도 이전부터 미국 오클라호마 등 세계 곳곳에서 발생한 유발지진 의심 사례에 대한 기사와 논문들을 몰랐겠는가. 포항지열발전의 사업 주체들에 대한 심각한 불신은 2번의 보고서가 나중에 발생할 수도 있는 위험에 대한 비난을 회피하기 위한 목적, 즉 내부적으로 위험 가능성을 검토했다는 변명거리로 삼기 위한 것이 아니냐는 또 다른 불신을 낳았다.

이런 상황에서 11월 28일 JTBC뉴스의 "3D로 본 포항 지진 '찢어진 단층'…길이만 6.5㎞"보도는 충격적이었다.

지난 17일 새벽 해외 위성이 촬영한 경북 포항 일대의 모습입니다. 세종대와 연세대 등 국내 5개 대학이 포항 지진 전후 지표면의 변화를 역추적해 땅 밑의 움직임을 재구성했습니다. 그 결과 지진 때 단층이 찢어진 단면 즉, '파열면'을 발견할 수 있었습니다. '파열면'의 길이는 6.5㎞, 폭도 2.5㎞나 되는 걸로 나타났습니다. [김상완/세종대 공간정보공학과 교수 : 실제 단층이 여기 있을 거란 것이고, 네모로 보이는 부분이 지각 하부에서 실제로 단층면이 있는 부분이라고 생각하는 거죠.] 지진으로 지표면이 얼마나 이동했는지도 보다 구체화됐습니다. 흥해읍 지역의 지표면 변화가 가장 컸습니다. 최대 4㎝가량 위로 올라오고 북북동 수평 방향으로도 4㎝가량 움직인 것으로 나타났습니다. 반대로 흥해읍 아래쪽은 최대 2㎝가량 내려앉고 서쪽으로 1㎝가량 움직였습니다. 땅이 0.5㎝ 이상 이동한 지역을 표시해봤더니 진앙 주변에서 직경 10㎞에 이르렀습니다. '파열면'과 포항지열발전소가 1㎞ 남짓밖에 떨어지지 않은 것도 다시 확인됐습니다. 지열발전소의 발전정이 단층을 건드렸다는 주장을 뒷받침해주는 것이어서 논란은 계속될 전망입니다.

이 책 앞에서 인용한 한겨레의 '지열발전소…포항지진 진범인가, 누명 쓴 마녀인가'(2017. 12. 04. 07:03) 기사는 전문가의 입을 빌어 중요한 사실을 알려준다.

(중략) 또다른 지질 전문가도 "세계 지열발전소의 95% 가 파쇄대에 시추공을 뚫는다. 화산암 등 갈라진 데를 뚫어야 물이 고여 있게 된다. 포항지열발전도 파쇄대 지대가 있다는 것을 조사한 상태에서 개발한 것이다. 다만 그곳이 활성단층이라는 것은 이번 지진이 날 때까지 아무도 몰랐다"고 말했다.

결국 포항지열발전소도 '전 세계 95%'에 포함돼 있었던 것이다. 그렇다면 두 번의 보고서 내용은 무엇인가. 2014년에는 '단층에 대한 철저한 조사를', 2015년에는 '인근에 단층이 있다면 큰 지진이 발생할 가능성'을 거론하지 않았는가. 보고서 작성의 의도를 둘러싼 음험한 속내의 혐의는 다음의 보도를 통해 더 짙어진다.

기상청 지진 목록 자료입니다. 지난달 15일 본진이 있기 7분 전인 오후 2시 22분, 두 차례의 전진이 발생했다고 나와 있습니다. 그런데 다른 연구 때문에 진앙 주변에 설치했던 김광희 부산대 연구팀의 계측기에는 이보다 많은 6차례의 진동이 관측됐습니다. 본진 9시간여 전인 15일 새벽 5시 4분, 지하 4.5㎞에서 발생한 게 처음입니다. 이후 본진이 발생하기 전까지 모두 6차례의 진동이 있었습니다. 위치는 포항지열발전소와 200여m 떨어진 곳인데 발전용 물 주입정과 생산정 사이로 추정됩니다. 땅밑 4㎞ 부근에서 잇따라 발생했는데, 규모는 모두 2.0 이하일 것으로 보고 있습니다. [김광희/부산대 지질환경과학과 교수 : 이미 주입된 물이 상당 부분 남아있었고 물의 영향으로 지진이 발생하지 않았나 생각하고 있습니다.] 한편, 포항지열발전소사업단은 발전소 위치 선정 당시 지하 4㎞ 일대에 파쇄대가 있다는 사실을 파악하고 있었던 것으로 드러났습니다. 파쇄대는 단층을 따라 암석이 부서져 나간 부분을 말합니다. 지진이 발생할 수 있는 활성 단층일 가능성이 있는 곳입니다.

다른 단층 존재 알고도 '터 잡은 발전소'

이에 대해 정부 사업단 관계자는 "지열발전소는 주로 파쇄대 주변에서 개발하며 위치 선정 당시 해당 파쇄대가 활성 단층이었는지는 몰랐다"라고 답했습니다. 〈JTBC '포항 전진 더 있었다…지열발전소 인접 발생 2017. 12. 05. 09:22〉

포항지열발전소의 추진 주체들은 단층의 소재 여부를 모른 상태에서 부지를 정한 것이 아니라 단층이 서로 부딪혀 생겨난 파쇄대를 정확히 파악해 주입정과 생산정을 굴착한 사실이 드러났다. '활성 단층이었는지를 몰랐다'는 사업단 측의 변명에 낯이 뜨거워진다.

사업을 주관하는 넥스지오가 어떤 회사인가. 이 회사는 윤운상 대표 등 서울대학교 지질학 전공자들이 참여해 2001년 창업된 것으로 알려졌다. 지열발전 연구는 2010년에 들어 본격 시도한 신사업이었을 뿐 전문분야는 토목공사를 위한 지질지반조사이다. 이 회사 홈페이지에는 '2011년 9월 23일 단층 모니터링 프로그램 능록 4건'이 버젓이 홍보돼 있다. 단층이 있는지를 몰랐다는 변명을 어떻게 받아들일 수 있겠는가.


## 전문가의 함정과 양심

이 책의 앞에서 지진이라는 자연현상을 이해하고 지열발전소와의 연관성을 밝혀내기 위해 필자를 비롯한 비전문가들은 전문가와 전문지식을 상대하고 이해해야 하는 어려움을 감수해야 하는데 이를 죽음의 계곡을 건너는 일에 비유했다. 이 책을 통해 파쇄 수압과 수량 등 포항지진의 비밀을 담고 있는 복잡한 쟁점들을 검토하는 과정에서 전문지식은 역시 골칫덩어리였다. 하지만 인문학 전공자의 학문적 상상력이 자연과학 전문가의 그것에 아무리 대적할 수가 없다 해도 마냥 기 죽은 채 질질 끌려 다녀서야 어떻게 포항지진과 지열발전소의 연관성을 추적한다고 나설 수 있겠는가. 그래서 인터넷을 뒤지고 관련 서적을 뒤져가며 조각난 지식들을 이리저리 끼워 맞춰 연관파와 부정파, 두 범주 전문가들의 기고와 토론회 발언, 방송 인터뷰 내용들을 종합해본 결과 두 진영 간에 흥미로운 차이점을 발견할 수 있었다.

이진한 교수 등 '연관파' 교수들의 말과 글은 일반인도 알아듣기 쉬운데 반해 홍태경 교수가 대표하는 '부정파' 교수들은 유난히 전문용어를 많이 사용하고 이해하기 어려운 표현을 하는 공통점이 있었다. 특히 방송에 출연한 홍 교수와 넥스지오 윤 대표 모두 앵커가 민감한 질문을 하거나 반론을 제기하면 느닷없이 어려운 학술 용어와 함께 영어 사용 경향이 뚜렷해졌다. 조금 전에는 '유발지진'으로 얘기하던 것을 '인듀스드 어스퀘이크'라고 하는 식이었다.

'부정파' 인사들의 표현은 두드러지게 완곡하고 심지어 윤운상 대표의 경우 부정적인 의미에서 레토릭, 수사학이라기보다는 말장난을 하고 있다는 인상이 들 정도로 정확한 답변을 회피하는 경우가 많았다. 앞에서 지적했듯이 '미국 셰일가스의 경우 몇백만 톤의 물을 넣는데 우리는 아주 약소한 수준의 수리자극을 하므로 지열발전에서 발생할 수 있는 최대의 규모는 3 정도로 알려져 있다'(11월 16일 JTBC 전화인터뷰)가 대표적인 예이다. 불과 닷새 뒤인 21일 포항 현장 인근에서 물 주입 후 3.1의 지진이 발생한 사실이 보도됐으니 윤 대표의 이 표현은 거짓은 아니지만 즉답을 교묘하게 비켜갔음이 드러났다.

그리고 '부정파'들은 그동안 지진 유발의 가능성을 부인하면서 주로 미국 오클라호마와 포항의 물 주입량을 비교했는데 앞서 지적했듯이 '어마어마하게' '고작' 등의 단어를 자주 사용했다. 인문과학이든 자연과학이든 학문에서 주관적인 표현을 경계하는 일은 기본적 덕목이다. 특히 포항지진의 충격이 포항시민을 비롯한 피해자들에게 '어마어마한' 상처를 입힌 마당에 연구실의 책상에서 궁리해냈을 법한 '고작' 물 주입량을 이유로 지진 유발 가능성이 낮다고 되풀이하는 얘기는 설득력이 떨어지게 했다.

김영식 서울대 교수가 자신의 책 〈과학, 인문학 그리고 대학〉에서도 지적했듯이 자연과학에는 크게 물리학, 화학, 생물학, 천문학, 지질학, 기상학 등 여러 분야가 있지만 이들 모든 분야에 공통된 자연과학의 방법이란 있을 수가 없다. 그러니 타 분야의 전문지식을 이해하는 일이 더 어려운 법이지만 공통적으로 적용되는 원칙은 있다. 인문학이든, 자연과학이든, 모두 인간과 사회, 지구와 우주의 여건을 더 개선하는 데 기여해야 한다는 것이다. 과학기술자라 할지라도 사회와 문화로부터 절대로 무관하게, 초월적으로 연구하고 살아갈 수는 없다. 따라서 가설의 증명이 마치 최고의 가치이며 그 전에는 과학자가 사회에 어떤 의사 표현도 해서는 안 된다고 믿는 태도는 오만일 뿐이다.

홍태경 교수는 월간 신동아 2018년 1월호에 실린 인터뷰 '포항 지진 이후…무엇을 해야 하나'의 첫머리에서 "이진한 교수가 의혹을 갖는 것은 당연하지만 검증되기 전에 국민에 공표한 것은 성급했다"며 "일이 이렇게 된 이상 객관적인 근거를 놓고 얘기해야 한다고 생각한다"고 말했다. 그러면서 홍교수는 "아내가 그러던데, 요즘 제가 포항 지역 엄마들이 모인 인터넷 카페에서 나쁜 사람으로 이야기 된대요"(웃음).

여기서 홍태경 교수는 틀렸다. 도대체 가설이 검증되기 전까지 포항지진의 유발지진 의혹에 대해서는 입도 뻥끗하지 말라는 건가. 이 교수가 포항지열발전소에 대해 놀라운 폭로를 한 바탕에는 학자적 양심이 가장 큰 발로였을 것이다. 하지만 이번 사태를 계기로 전 세계에서 지열발전소와 유발지진의 사례는 이미 광범위하게 확산돼 학계에 공유되고 있었던 것으로 드러났다. 그렇다면 국내 지진학자들은 입이 열 개라도 지식인으로서 제때 미리 말해주지 못한 점에 대해 도리어 할 말이 없어야지 않는가. 또, 관점을 달리해서 보면, 포항지진과 지열발전의 상관성이 있다고 보기 어렵다는 홍 교수의 주장은 실체적 진실로 검증된 것인가? 그가 공부한 이론일 뿐이지 그게 포항의 경우에도 딱 들어맞는다고 어느 누가 검증해줬단 말인가? 이진한 교수의 주장이 맞고 자신이 틀린다면, 그때는 어쩔 것인가?

포항의 엄마들이 홍 교수를 나쁜 사람으로 얘기하는 것도 어찌 보면 당연한 결과이다. 전문지식으로 단단히 무장한 그에게는 지진피해를 입은 포항시민을 포함한 대중들이 객관적 근거도 없이 흥분한 군중들로 보일 수도 있다. 하지만 위험을 경험한 사람들에게 소위 '위험객관주의', 위험을 객관적으로 인식하라고 기대해서는 안 된다. 위험 평가와 지각에는 주관적 요소가 개입될 수밖에 없다는 건 위험사회학의 기본이다. 오히려 위험을 겪은 뒤의 분노에 이어 행정가와 전문가에 대한 신뢰의 붕괴는 나쁜 평판을 낳을 수밖에 없다.

현대사회에서 전문가 집단에 대한 신뢰도는 갈수록 낮아지고 있다. 인터넷의 발달로 일반인이 전문지식에 접근할 수 있는 길은 더 넓어졌고 SNS의 네트워크로 참여의식 있는 전문가들의 정보 제공이 활발한 반면 학계와 이익집단 간 결탁 가능성은 더 의심받고 있기 때문이다. 이는 최근의 가습기 살균제 사태에서도 적나라하게 드러났다.

서울대 지질학과를 나온 홍태경 교수에게 국내 지진학 박사 1호 이기화 명예교수는 은사일 가능성도 있어 보인다. 노교수가 강의실에서 제자에게 이런 가르침까지 전해줬는지는 알 길이 없지만 그의 회고를 통해 학자의 양심과 용기가 무엇인지를 다시 생각해본다.

1983년에 지질자원연구소가 양산 단층 주위에 설치한 미진계의 지진 기록을 분석해 보니 약한 지진이 조금씩 발생하고 있는 거예요. 그때만 그런 것이 아니라 그 뒤에도 계속 일어났죠. 20세기 지진계로 발견한 미진과 역사 기록상 그 주변에서 일어났다는 대규모 지진들을 함께 고려하니까 양산 단층이 활성 단층임은 분명해졌어. 그리고 그렇게 주장하니까 세상이 발칵 뒤집혔죠. 신문에 톱기사로 계속 나고, 방송에도 나가고. 그러다 보니까 지질자원연구소에서 원전 건설 때 나름의 역할을 했던 분과 저 사이에 논쟁이 붙은 겁니다. 그분들은 제 역사 기록 진앙 분석이 틀리다고 주장했어요. 왜냐하면 원자력발전소 건설 예정 부지 근처에는 역사 지진의 지진원이 될 활성 단층은 없다고 결론지어서 한전에 보고했기 때문이죠. 그런데 제 미진 기록 분석을 보고는 부정을 못 해요. 과학적 사실이니까요. 책에서 인용하기도 했지만 결국 지질자원연구소 분 중 한 분이 "양산 단층이 활성 단층일 확률은 50 대 50이다"라고까지 했지요. 저를 부인할 수도 없고 자기들이 한 걸 틀렸다고 할 수가 없으니까, 어정쩡하게 마지못해 절충하듯이 결론을 내린 거죠. 학문 논쟁에서는 보기 힘든 일종의 물타

기였죠. 결국 양산 단층이 활성 단층인 것으로 결론이 났죠. 그리고 지질자원연구소에서 저하고 논쟁을 벌였던 분이 세 분이나 연구소를 떠나야 했어요. 이게 문제가 되어가지고 말이죠. 제가 평소에 술도 마시고 하던 친구들이었죠. 그 친구들이 연구소를 떠나야 한다는 이야기를 들으니까 정말로 마음이 아프대요."〈「사이언스 북스」 '지진학자 이기화 편' 2015. 12. 01〉

## 위험사회론으로 본 포항지진

독일의 사회학자 울리히 벡(Ulrich Beck)은 1986년 구소련에서 발생한 체르노빌 원전사태를 즈음해 명저인 『위험사회』(Risk Society)를 발간해 이 분야 연구의 고전으로 인정받고 있다. 그는 산업혁명 이후 고도로 발전한 산업사회는 자본의 무분별한 탐욕과 과학기술의 질주로 인해 위험사회가 됐다고 정의했다. 또 이를 극복하기 위해 근대화 과정의 경제합리성 중심의 결정에서 벗어나 위험을 피할 수 있는 근대화의 근대화, 성찰적인 근대화로 나아가야 한다는 대안을 제시했다.

울리히 벡은 마르크스의 계급사회론을 대입시켜 주로 노동자, 농민 등 무산계급은 위험에 더 방치되고 보호받지 못함으로써 정치경제적 불평등이 재난의 불평등으로도 이어진다고 주장했다. 따라서 이들은 자신의 안전을 위해 정치세력화 해서 상위 정치에 맞서게 되고 그래야 한다고 강조했다.

위험사회론이 등장한 이래 위험 커뮤니케이션을 비롯해 위험사회를 진단하고 대안을 모색하는 여러 개념과 연구가 그 깊이와 폭을 확장하고 있다. 조재형의 〈위험사회, 왜 대한민국의 위기는 반복되는가?〉(에이지21, 2017년)도 그중의 한 성과물이다. 그에 따르면 위험사회에서는 대중의 신뢰와 분노가 매우 중요하다. 또 대중은 잘 모르는 분야일수록 부정적 정보가 제시되면 대상에 대한 감정이 순식간에 부정적으로 변한다. 이번 포항지진과 지열발전소의 논란을 보면 쉽게 이해할 수 있다. 친환경 에너지생산의 총아로 믿었던 지열발전소가 재앙의 발전소였을 수도 있다는 폭로가 나오자 더 자극을 받은 것이다. 그는 또 '대중은 과학과 전문가가 구성한 금기의 세계를 해체해 담론화

함으로써 비로소 위험사회의 해결주체로 등장한다'고 갈파했다. 이는 홍태경 교수 등 '부정파' 학자와 정부 관료들에 대한 지진피해자들의 반감, 포항의 피해주민과 지식사회, 네티즌 등이 보여준 대응들이 좋은 예가 된다.

이번 지진을 계기로 정부와 기업, 지방자치단체와 시민 등 재난과 관련된 여러 주체들의 대응과 책임을 짚어보기 위해서는 위험 커뮤니케이션의 차원에서 접근할 필요가 있다. 1979년 3월 28일 발생해 전 세계에 충격을 준 미국 펜실베이니아 주 스리마일 섬 원전사고는 위험 커뮤니케이션(소통)에 대한 관심을 확산시키는 계기가 됐다. 이 사건은 위험이 전문가에 의해 절대적으로 통제될 수 있는 대상이 아니라는 자각을 불러일으켜 일반 공중의 참여와 감시의 필요성에 공감대가 형성됐다. 이러한 과정에서 위험 소통을 통한 정보 공유와 공론의 장 형성이 중요한 사회 쟁점으로 떠오르게 됐다. 포항지진 이후 낱낱이 드러났듯이 현대과학의 오류는 위험의 판단 오류, 즉 위험성을 미리 몰라서 예방을 못 했다기보다는 전문가의 오만에 따른 소통 부재에 있음을 확인할 수 있었다.

# 위험소통 무시한 정부가 최대의 책임자

하지만 가장 큰 책임은 지열발전소의 위험성이 전 세계의 피해 사례를 계기로 충분히 예견됐는데도 불구하고 정책 판단과정에서 아무런 검토를 못 했거나 아예 회피한 정부에 있다는 것은 명백하다. 특히 발전소 부지 인근 주민들에 대한 여론 수렴 절차는 물론 2016년 경주지진으로 자연지진의 발생 가능성이 높아졌는데도 불구하고 퇴적층의 약한 지반에 수압파쇄 물 주입 및 미소진동 유발에 아무런 조치도 취하지 않은 것은 위험 소통의 최소한의 조치마저 무시한 무능함을 보여줬다.

정부가 포항지열발전소 사업 추진과정에서 보여준 정책적 과오를 판단하려면 2가지 선례를 적용할 필요가 있다.

첫 번째는 미국 환경보호청이 제정, 운영 중인 위험관리의 7개 규칙이다. 구체적으로 '공중을 파트너로 수용하고 참여시켜라. 계획을 신중하게 세우고 성과를 평가하라. 공중의 관심사를 귀 기울여라. 정직하게 공개하라. 신뢰할 수 있는 또 다른 근거를 가져라. 공중 매체의 요구를 충족시켜라. 명확하고 열정적으로 의사를 전달하라' 등이다.

정부가 사업 결정부터 11월 15일 지진 발생 후 책임의 한 당사자로 지목되기 시작한 후 여러 보도를 통해 확인된 사실을 종합하면 이들 중 단 한 개 조항조차 충족시켰다고 보기는 어렵다. 특히 '정직한 공개'와 관련, 주관부처인 산업통상자원부는 포항시에 대한 자료 전달을 중단하는 등 정보 통제에 들어간 정황이 이 책의 취재 과정에서 실무자들을 통해 확인됐다. 하지만 무엇보다 포항시민을 분노하게 만든 것은 국민의당 윤영일 국회의원이 국회에서 질의를 통해 공개한 포항지열발전소 주변 유발 미소지진 자료이다.

오클라호마 등지에서 유발지진 의심 피해사례가 이어지자 미국 에너지부가 2012년에 발간한 'EGS 적용에 의한 유발 지진에 대한 프로토콜'(Protocol for Addressing Induced Seismicity Associated with Enhanced Geothermal Systems)의 가이드라인은 우리 정부의 문제점과 좋은 대조가 된다.

1단계: 설치 지역에 대한 충분한 예비 심사 및 평가(지열발전소가 설치될 지역의 규제나 법령을 확인하고, 위험이 발생하여 영향을 미칠 수 있는 유효 영역에 대해 적절한 사전 평가를 수행하였는지를 확인한다).

2단계: 대외 인식 제고 및 적극적인 소통(지열발전소를 설치하는 경우, 지역 공동체의 협조 및 호의적인 지지는 매우 필수적이다. 이를 얻어내기 위해서는 정확한 정보를 다양한 방식으로 지역공동체에 충분히 알리고, 기술적인 사안에 대한 소통뿐만 아니라 비기술적인 소통도 적극적으로 수행해야 한다).

3단계: 지반의 진동과 외란에 대한 검토 및 판정 기준 확립(설치될 지역의 건물, 거주자 생활 환경 및 설치 위치의 지질학적 안정성 등을 충분히 검토함으로써, 지반의 자체적인 안정성 파악 및 예상되는 위험 상황을 고려하여 대응 가능한 위험 완화 모델을 수립한다).

4단계: 설치 지역의 지진 상황 미세 모니터링 시스템 구축(지열발전소의 설치를 위한 수직 시추가 이루어지는 파공홀 주변으로 일정 영역에 대해서는 강도 0에서 1사이의 미세 지진에 대한 평가뿐만 아니라, 2 이상의 강도를 갖는 지진에 대해 모니터링이 가능한 상시 모니터링 시스템을 구축한다).

5단계: '자연지진'과 '유발지진'의 위험을 정량화(자연적으로 발생하는 자연지진과 인공적인 상황에 의해 발생하는 유발지진으로 구분하여 검토하고, 해당 지진에 의해 발생 가능한 위험성을 정량적으로 평가할 수 있어야 한다).

6단계: 유발지진에 의한 위험을 파악(집, 산업 기반 시설, 지역 주민들의 생활 및 사회 전반적인 위험을 미리 예상하고, 위험 상황의 특징을 파악함으로써 신속하게 회피할 수 있는 대안을 수립하고 예상되는 비용 계획을 포함한 대응 방안을 확보한다).

7단계: 위험 상황에 기반한 완화 계획 수립(위험 상황이 발생한 경우, 지열발전소의 운전과 관계되는 '직접적인 완화 Direct Mitigation 계획'을 확보하고 신속하게 적용한다. 또한, 지진에 대한 지속적인 모니터링, 정보 공유 범위의 확대 및 투명성 제고, 지역 사회 지원 및 보상을 포함하는 '간접적인 완화Indirect Mitigation 계획'을 수립하여, 피해를 최소화할 수 있도록 한다).

위의 7단계 역시 아무리 조항들을 뒤져봐도 우리 정부가 포항에서 취한 조치들은 아무 것도 없다. 설마 지진 발생 후 1주일 뒤인 11월 22일 조사단을 구성하겠다고 한 것을 변명으로 삼을 만큼 염치가 없다고 생각하지 않겠다. 늦었지만 위험소통의 정신에 합당한 의지가 있다면 반드시 국내외 전문가조사단에 주민대표와 그 추천 전문가가 포함돼야 한다.

이미 '면피용'의 혐의가 있다고 지적한 대로 지열발전소 자체 연구단이 2014년이 돼서야 작성한 '미소진동 관리방안 보고서'도 마찬가지다. 정부는 '국내 최초의 실증연구개발사업이어서 유발지진에 대한 정부 지침은 없다'고 지진 발생 후 해명했다. 앞에서 이미 짚어봤듯이 산업부는 지난해 4월 15일 물 주입에 이어 3.1의 지진이 발생한 뒤 에너지기술평가원을 통해 이를 보고 받고도 별다른 후속 조치를 하지 않은 사실이 드러났다. 심지어 산업부는 처음에는 언론사에 '취재를 통해 미소진동 발생 사실을 알게 됐으며 보고 받은 적이 없다'고 거짓말을 했다가 여론의 질타를 받기도 했다. 무능에다 부정직함까지 망신을 자초한 것이다.

포항지열발전소와 포항지진의 진앙, 피해가 특히 컸던 북구 흥해읍과 양덕동의 거리 및 인구수를 비교하면 문제는 더 분명해진다.

미국의 지열발전소 프로토콜에 따르면 부지 선정 때 유발지진 우려로 인해 튼튼한 암반층을 지반으로 선택하고 지진이 거의 발생하지 않은 지역을 제시하고 있다. 거주지와의 거리도 1,000명 이하 거주 지역과는 25㎞, 대도시는 75㎞ 이상 거리가 제안된다. 그러나 지열발전소와 최소 600m 거리로 추정되고 있는 진앙은 흥해읍과 약 1.2㎞, 대규모 아파트단지가 밀집한 양덕동과 약 3.4㎞ 떨어졌을 뿐이다. 인구는 각각 35,000여명과 37,000명 등 모두 72,000명에 이른다.

한국지질자원연구원의 포항지열발전소 사업 참여에 대한 책임 소재도 이번에 확실히 가려져야 할 일이다. 왜냐하면 이 연구원은 포항에 지원을 설치한 기관이기 때문이다. 이 연구원이 맡은 분야는 지열저류층 탐사 및 평가와 미소진동 모니터링이다. 포항시민들은 이번 사태를 계기로 지역에서 연구원이 유일하게 지질과 지진 관련 전문 인력을 보유한 곳인 만큼 유발지진의 위험성을 경고했더라면 피해를 예방할 수 있었을 것이라며 강한 불만을 터뜨려왔다. 이 연구원의 포항지원이 지역사회와 관계 재정립 노력을 하지 않은 채 업무를 수행하려면 앞으로 크고 작은 갈등이 예상되는 만큼 전향적인 검토가 요구된다.

# '실증연구개발' 명분은 특혜의 시작

　포항지열발전소 사업은 '최초의 실증연구개발사업'을 명분으로 정부가 사실 상 특혜나 다름 없는 편의를 제공함으로써 포항시의 도시계획 인허가 절차를 제외하고는 별다른 규제를 받지 않았다. 이를 정부가 정한 원자력과 태양광 발전소 사업의 절차와 비교하면 차이는 더 분명해진다.

　먼저 최근 경북 영덕군의 천지원전에 대한 정부의 전원개발사업(원자력발전소) 추진 절차는 전원개발사업 예정구역 지정 고시→ 제2차국가에너지기본계획 수립(산업부)→ 제6차전력수급기본계획 변경(산업부)→ 건설기본계획 확정(한수원 이사회)→ 보상(토지 및 물건의 조사, 보상계획 공고 및 통보, 보상협의회 구성 운영, 보상액 산정, 보상통보 및 보상금 지급)→ 전원개발사업 실시계획승인서 작성(문화재 지표조사, 환경영향평가 초안작성 및 설명회, 방사선영향평가 초안작성 및 설명회, 관계행정기관 협의, 실시계획 승인서 작성 및 신청)→ 전원개발사업 실시계획 승인 신청 및 승인→ 건설 허가 신청 및 승인→ 공사 착공 및 준공 등이다. 주민설명회는 법적 요건이다.

태양광발전소의 경우 주로 개별 지자체의 규제를 받는다. 경북 봉화군의 경우 도로법에 따른 도로 및 구 국도로부터 직선거리 500m(단, 군도 및 농어촌도로 중 2차선으로 포장된 도로를 포함), 자연취락지구 및 주거밀집지역 경계로부터 직선거리 300m(단, 5호 미만의 주거지역인 경우 직선거리 150m 안에 입지하지 아니 하여야 하나 해당 주거지역 주민의 60% 이상이 설치를 동의하는 경우에는 미적용), 농업생산기반이 정비되어 있는 우량농지로 보전할 필요가 있는 집단화된 농지, 관광진흥법에 따른 관광지 및 공공시설부지의 경계로부터 500m 거리를 조건으로 한다. 태양광발전 사업에 대한 반대 민원을 감안한 이 같은 규제로 인해 전국적으로 법정 분쟁이 증가하고 있다.

정부는 지열발전소 사업의 초기 단계에서 학계의 자문을 거쳐 외국의 사례를 광범위하게 조사해 관련 법규를 정비했어야 옳았다. 또 사업의 조건부허가 등 단서조항으로 발전소 인근에서 발생한 지진에 유발지진이 직간접으로 영향을 미쳤다고 의심될 경우 발전소의 지반과 수량, 수압 등에 관한 모니터링 자료를 참고해 법적 책임을 묻겠다고 명문화하는 것도 도움이 됐을 것이다.

# 정부 보고서에서도 드러난 정보 공개의 필요성

앞서 밝힌대로 국립재난안전연구원은 2017년 12월 '포항지진과 지열발전과의 연관성 검토' 보고서를 9쪽 분량으로 작성해 정부에 긴급 보고했다. 서두를 '언론(JTBC)의 이슈'로 시작한 이 보고서는 '포항지진과 지열개발 활동과의 관련성 검토'에서 '관련 가능성을 지지하는 논점'과 '부정하는 논점'으로 구분해 주장을 짚어 봤다. 이이진 '논점에 대한 검토'에는 특히 흥미로운 내용들이 발견됐다.

현재까지 드러난 사실과 국외 연구결과를 보면 포항 지열개발 연구활동이 규모 5.4 지진을 직접 야기했다는 근거는 없으나 진원이 지열개발 연구현장과 매우 가까워, 밝혀지지 않은 어떤 원인이 간접적 영향을 주었을 것이라는 의문 제기는 가능. 소량의 주입수라도 단층대에 기 축적된 응력을 활성화시키는 소위 '방아쇠 작용'을 했다는 가설 제기도 가능. 이를 입증하기 위해서는 지하 심부(5km 이상)에 다수 시추를 통한 단층면 시료 채취 등 장시간의 과학적 연구 필요.

그런데 그 다음에는 굵은 활자로 '※산업통상자원부 '지열발전 합동조사단'의 정밀조사 및 분석을 통한 의혹 해소 가능'이라는 내용이 명기돼 있었다. 그렇다면 정부 내부에서는 조사단 활동을 통해 관련성이 증명될 것으로 믿고 있다는 것인지 의문이 들 수밖에 없는 대목이다. 보고서의 다음 내용도 흥미로운 내용을 담고 있다. 정부 측 연구기관에서마저 '과업수행기관에서 자료 공개 및 해명이 부족'하다고 지적해놓은 것이다.

지열발전(EGS 공법)에서는 반드시 인근 지역 내 다수의 지진계를 설치했을 것으로 추정되나 과업수행기관에서 해당 자료 공개 및 해명 부족 ☞ 지열발전 관련 외국논문과 자료를 검토한 결과 미소진동을 유발하므로 지진계 등을 설치, 물 주입량에 따른 미소지진 모니터링은 기본 ☞ 전문가들은 9개 지진계를 설치했다고 하나 지질자원연구원 등 관련 기관에서 자료에 대한 언급이 없어 확인할 필요. 정밀 조사 시 물 주입량과 배출량의 시간적 변화와 관측된 계기지진과의 관계를 명확히 공개할 필요. ☞ 의혹을 유발하는 방아쇠 효과 등에 대해서는 반드시 검증할 필요.

# 포항지진과 지열발전과의 연관성 검토

## □ 언론(JTBC) 이슈

○ 지열발전소 건설과 지진의 연관성 최초 보도(11.15)이후, 지열발전에
  따른 물주입과 지진발생 시기의 상관성 이슈화(11.21)

○ 기상청의 유발지진 관측 누락사실과 진앙수정 발표에 따라, 지열
  발전소가 상관성이 높다는 의혹 제기(11.23)

※ 11.22일 정부의 '지열발전 합동 조사단' 및 정밀진단 보도에도 지속적 이슈화

○ 물주입에 따라 3.1규모의 지진을 유발했으나 산자부 등의 후속 대처가
  전무하다고 보도(11.24)

※ 11.15. ~ 11.24. 기간동안 JTBC 관련보도 총 19건(붙임 참조)

| 연관성<br>최초 보도 | 지진발생시<br>마다 물주입 | 기상청 유발<br>지진 관측 누락 | 지진진앙<br>수정 발표 | 지열발전소와<br>가까워진 진앙 | 유발지진<br>대책 전무 |
|---|---|---|---|---|---|
| 〈11.15〉 | 〈11.21〉 | 〈11.21〉 | 〈11.23〉 | 〈11.23〉 | 〈11.24〉 |

## □ 포항지진과 지열개발 활동과의 관련성 검토

<관련 가능성을 지지하는 논점>

○ 진앙과 지열발전소가 근접해 있어 지진 유발 개연성 높음

 · 진앙거리 1.1km(기상청은 당초 2km에서 11.24일 수정발표, JTBC 500m로 보도)

 · 진앙깊이 6.9km(기상청은 당초 9km에서 11.24일 수정발표, JTBC 3.2km로 보도)

 ※ 시추공 길이 : 4.127 km

○ 미국 Oklahoma주 셰일가스 개발을 위한 수압파쇄에 의해 2011년
  발생한 규모 5.6의 지진을 근거로 포항 지열발전소 물주입이 지진
  유발 주장

 ※ 2006년 12월 스위스 Basel시에서 지열개발로 규모 3.4의 지진 발생 및 폐쇄 조치 사례도 근
  거로 제시

원인이 간접적 영향을 주었을 것이라는 의문 제기는 가능
- 소량의 주입수라도 단층대에 기 축적된 응력을 활성화시키는 소위 '방아쇠(triggering) 작용'을 했다는 가설 제기도 가능
☞ 이를 입증하기 위해서는 지하 심부(5km 이상)에 다수 시추를 통한 단층 면 시료 채취 등 장시간의 과학적 연구 필요

**※ 산업통상자원부 "지열발전 합동조사단"의 정밀조사 및 분석을 통한 의혹 해소 가능**

> · 2006년 12월 스위스 Basel시가 규모 3.4의 지진과 관련한 3년간 정밀조사 결과, 개발 주체의 책임은 없으나, 그 지역이 활성단층 지역이므로 더 이상 개발 활동을 하지 못하도록 결정
> · 결정 사유는 아직까지 정량적으로 규명되지 않은 어떠한 작용에 의해 땅속 으로의 소규모 주입활동이 인접한 활성단층에 영향을 미칠 수도 있기 때문

○ 지열발전(EGS 공법)에서는 반드시 인근 지역내 다수의 지진계를 설치 했을 것으로 추정되나 과업수행기관에서 해당 자료 공개 및 해명 부족
☞ 지열발전 관련 외국논문과 자료를 검토한 결과 미소진동을 유발하므로 지 진계 등을 설치, 물 주입량에 따른 미소지진 모니터링은 기본
☞ 전문가들은 9개 지진계를 설치했다고 하나 지질자원연구원 등 관련 기관 에서 자료에 대한 언급이 없어 확인할 필요
○ 정밀 조사시 물 주입량과 배출량의 시간적 변화와 관측된 계기지진 과의 관계를 명확히 공개할 필요
☞ 외국자료를 면밀히 검토한 결과, 규모 5이상이 관측된 것은 없으나 의 혹을 유발하는 방아쇠 효과 등에 대해서는 반드시 검증할 필요
○ 지열발전 관련 가능성의 논점이 확산되는 경우*, 대체에너지(지열, 풍력, 태양광 등)와 이산화탄소 저장시설** 등 온실가스 대책관련 연구에 큰 타격 우려
* **지열발전소 개발과의 연관성을 강조하는 저변에는 원전 안전과는 무관함을 강조하기 위한 것으로 바라 보는 시각도 있음**
** **온실가스 저감을 목적으로 대기 중 이산화탄소를 추출/압축하여 대심도의 지중공간에 보관하는 시설**
- 스위스 바젤의 EGS(Enhanced Geothermal System) Project를 벤치 마 킹하여 온실가스 대책관련 연구에 대한 부정적 시각 완화 필요

위의 '☞' 표시에 담긴 검토결과는 이번 일에 중요한 열쇠가 될 수도 있다. 정부 기관에서조차 부처 간 칸막이의 존재 가능성과 정확한 정보 확인 및 공개의 필요성을 제기한 것이다. 이 문제는 포항시와 시민사회단체, 언론 등 여러 주체가 중심이 돼 정부에 끝까지 요구해 확인해야 할 중요한 쟁점으로 삼아야 할 것으로 보인다. 아마 그 결과, JTBC가 공개한 자료에 다 담기지 않은, 연관성과 관련된 더 결정적 근거가 제시될 가능성도 없지는 않다.

## '지열 신기루'에 허 찔린 포항시

'국내 최초 지열발전소 건설로 세계와 경쟁할 수 있는 첨단과학도시로 우뚝 서게'(2012. 3. 2) '포항시는 지열발전, 수소연료전지 등 동해안 에너지 클러스터 사업과 연계해 신재생에너지 메카로 거듭나기 위한 다양한 방안 모색'(2016. 11. 23).

한때 포항시청방송국 등의 홈페이지에 화려한 제목으로 걸려 있었던 지열발전소 홍보 영상 및 기사에 대한 접근은 유발지진 논란 뒤 차단돼 있다. 포항시가 받고 있는 부담감이 잘 드러나 있다. 하지만 이는 시민들이 기대하는 대응의 수준과는 거리가 한참 멀다.

친환경 발전 방식이란 정부의 말만 믿고 지열발전소가 마치 첨단과학도시의 명색을 갖추는데 한 성장축이라도 되는 양 믿어 왔던 포항시는 이번 지진으로 뒤통수를 얻어맞은 결과가 됐다. 사실 '전 세계 4번째, 아시아 최초의 비화산지대 적용 이지에스 방식 발전소'라는 이름표에다 도비·시비 자부담 없는 국비 지원 사업이니 지자체로서는 구미가 당기지 않을 수가 없다. 졸지에 당한 지진이 자연지진일 줄로만 알았다가 웬 학자가 나타난 뒤로 지열발전소가 유발지진을 일으켰다는 경천동지할 일이 생겼으니 오죽 답답했겠는가를 이해하기는 어렵지 않다. 게다가 정작 사업을 권했던 정부는 뒤로 물러 서 있는 형국의 재난 상황에서 온갖 궂은 일을 다 떠맡고 있으니 포항시에 책임만 묻는다면 너무 야박한 처사일 것이다.

이번 일을 계기로 포항시를 비롯한 지방자치단체는 그동안 중앙정부 사이에 구조화된 수직적 관계를 전면 재검토해야 하는 계기로 삼아야 한다. 정보력과 행정력 부족을 이유로 정부의 시책 사업이라면 아무런 검증이나 위원회의 검토도 없이 부지 제공과 인허가 처리 등 온갖 편의를 제공해온 지자체의 오랜 관행은 유례 없는 이번 재앙을 계기로 개선돼야 한다.

그런 점에서 지진 발생 8일 뒤 담당 국장이 나서 지진 발생 책임에 대한 법적 대응 방침을 밝힌 포항시는 더 철저한 자세로 임해야 할 것이다. 포항시의 이번 조치는 결과만 놓고 본다면 '위험에 대해 더 강한 임팩트를 만들어라'는 위험 관리의 가르침을 충실히 따른 것으로 평가된다. 실제로 흥해읍을 비롯한 피해주민들의 반발과 불만을 해소하는데도 일정한 효과를 거두기도 했다. 하지만 위원회의 조사 활동이 포항지진에 대한 엄정한 원인 규명보다는 지열발전소의 상관성 분석에 맞춰질 것으로 벌써부터 예상되는 점을 고려해야 한다. 설령 넥스지오의 책임을 묻자면 이를 허용한 정부도 소송 대상에 포함시켜야 하는데 과연 그럴 수가 있겠는가?

상당수 시민들은 세계적 선례로 인해 그리 관대하지는 않다. 이미 스위스 바젤시가 지열발전을 주도한 지질학자인 마커스 헤링에 대해 피해복구비 900만 달러의 손해배상을 청구한 전례대로 포항시가 시민을 대표해 원고가 될 것을 요구하고 있다. 하지만 그렇게 하더라도 승소한다는 보장은 없다. 일반적으로 알려진 것과 달리 헤링은 무죄선고를 받았다. 법원은 바젤 지진에 대한 발전소의 책임도 직접적으로 인정하지 않았다. 헤링이 고의적으로 지진을 일으키려는 의도가 없었으며 단지 추가로 시추를 할 때는 5억 달러 규모의 재산피해를 몰고 올 가능성이 15%로 추산된다는 과학적 검토를 근거로 제시했을 뿐이다. 포항시가 실제로 소송을 선택하더라도 상당한 험로가 예상된다. 앞서 언급한 대로 차라리 실리를 위해서라면 정부가 구성을 천명한 합동조사단에 시민대표와 그 추천 전문가가 참여할 수 있도록 민관 공조를 펴는 쪽이 훨씬 나을 것이다. 또 이는 조사 활동의 내실화를 도움으로써 책임 소재를 더 명확히 해 승소의 승산을 높이는데도 도움이 될 것이다.


## '시민의 힘' 보여준 SNS의 위력

직업 언론인을 무색케 하는 포항시민을 비롯한 논객들

의 활약은 이번 포항지진 사태의 한 특징이며 성과로 평가될 만큼 깊은 인상을 남겼다.

그중 대표적인 인사로서 양만재 포항지역사회복지연구소장을 꼽는 데 이견이 별로 없을 것이다. 양 소장은 지진 발생 직후부터 JTBC의 단독 보도 내용을 페이스북에 전재하며 여러 쟁점별로 사회학 박사의 전문지식을 활용해 예리한 분석력을 보여줘 많은 호응을 얻었다. 이후 12월 중순까지 해외논문 검색과 번역을 통해 지열발전소의 지진 유발 근거를 제시하고 특히 한겨레 투고란에 '포항지열발전소가 심각한 트라우마다'는 칼럼을 게재해 시민들이 겪고 있는 고통의 실제를 전했다. 또 파쇄수압의 파괴력, 외국의 유발지진 사례, 지열발전소 추진 과정에서 지진 유발 가능성에 관한 정보 은폐, 원전 위험성에 대한 관심을 돌리기 위한 지열발전소 이슈화 음모론 등의 문제점을 지적하기도 했다.

그 역시 정부가 추진 중인 조사위원회의 성과와 의지에 회의를 표했다. 그리고 정부가 이미 해외에서 유사 사례가 빈발했는데도 불구하고 주민 밀집 주거지 인근의 연약 지반에 위험시설을 설치한 근본적 책임을 물어야 한다는 원칙론을 강조했다.

한의사 정휘 원장도 페이스북을 이용해 제목 '포항지진과 넥스지오'의 글에서 재무제표를 통한 회계 검토 등을 통해 포항지열발전에 실적도 없던 회사가 뛰어든 배경에 대해 분석했다. 이를 통해 그는 넥스지오가 신기술 실적을 인정받아 코스닥 상장을 통해 회사를 키우고 상장 차익을 노렸을 수 있다는 가능성을 제기했다.

익명의 방송사 피디가 작성한 것으로 알려진 글 '지열발전소와 지진의 상관성 조사와 관계없이 지열발전소를 폐쇄해야 하는 이유'도 SNS로 확산되면서 공감을 얻었다.

물적 피해 외에도 포항시민들은 트라우마에 시달리고 있다. 진도 2.0 이상의 지진에도 놀라고 있으며 다양한 생활공간에서 일어나는 여러 유형의 진동에도 같은 반응을 보인다. 따라서 미소지진을 유발할 가능성이 있고 지금까지 실제로도 미소지진을 유발했던 지열발전소를 폐쇄하는 건 포항시민의 행복권, 주거권을 위해 당연한 일이다. 땅 속의 일을 완벽히 알 수 있는 학자는 없다. 큰 지진의 발생빈도가 높지 않아서 우리나라의 지진에 대한 깊은 연구는 없으며 따라서 지열발전소가 이번 지진과 관련이 없을 거라는 학자들의 생각은 추론일 뿐이다. 그리고 그동안 포항지열발전소가 가동시험을 하는 도중 물 주입 직후 진도 2~3대의 지진이 계속 일어났다. 앞으로도 계속 지열발전소 가동을 위해 그런 실험을 해야 한다고 주장하는 사람이 있다면 그는 제 정신을 가졌다고 볼 수 없다. 과학과 학문이 뭐 그리 대단한 것인가. 상식적인 추론으로도 이번 지진이 지열발전소가 원인일 수 있다는 주장을 할 수 있다. 물 주입 실험으로 여러 번 땅 속에 충격을 줘서 진도 2~3의 지진을 유발시켰다면 그로 인해 더 큰 지진이 일어날 수 있을 만큼 땅 속 지층이 변형과 자극을 받았을 수 있다. 그리고 지열발전소가 지진을 유발할 수 있음에도 지역주민들에게 알리지 않고 추진한 이유, 지난해말 이후 지열발전소 시험과정 중 여러 차례 지진이 발생했음에도 그 사실을 숨긴 이유와 과정을 명백히 밝혀 책임질 사람들은 책임을 져야 한다. 그것이 포항시민들에 대한 도리일 것이다.

그 외에도 SNS에는 이름 없는 아마추어 전문가들이 등장해 전대미문의 지진 피해로 인한 재난상황에서 답답해하는 시민들의 정보 갈증을 해소하는 데 큰 역할을 했다.

'crazyli' 아이디의 시민은 '포항지진은 정말 지열발전소 때문일까'라는 장문의 글쓰기를 통해 미국 에너지부의 프로토콜 등 원문자료를 번역해 소개했다. 또 시민들이 이번 일을 계기로 지역의 사안에 대해 더 참여적 태도로 관심을 가져 주체적으로 해결해나갈 것을 제안하기도 했다. 그의 글 마무리는 위험사회론이 이 사회에 촉구하고 있는 근대적 성찰의 한 모범으로서 충분하기에 인용해본다.

'걱정하는 과학자들'이라는 모임이 있다. 정식 명칭은 '미국 참여 과학자 연맹'(Union of Concerned Scientists)이라고 한다. 그들은 과학의 입장에서 새로운 기술의 적용에 대해 끝없이 의문을 제기하지만, 무조건적으로 '반대만을 위한 반대'를 하는 집단은 아니다. 그들은 과학과 기술이 소수의 전문가 집단에게 독점되는 상황을 경계하며, 투명한 정보 공개를 통해 과학 기술이 특정 이해관계에 의해 '오용'되는 것을 저지하고자 끝없이 질문하고 행동한다. 우리도 그런 '질문하기'를 시작해 보자. 그동안 '전문가 집단'에게만 의사 결정을 맡겨놓았던 나태함이, 혹시라도 지금의 '혼란'을 가져온 것은 아닐까 하는 생각이 들어서 두

렵기도 하다. 현실 세계에서 나 자신이 '공범'이 아니라고 말하기는 쉽지 않겠지만, 앞으로는 좀 더 '적극적으로 질문할 것'을 잊지 말아야겠다. 위원장이 목이 터져라 '정숙'을 외쳐야 할 만큼 시끄러운 영국 의회의 '총리에게 물어보세요'가, 150년 가까이 싸움에 가까운 '질문하기'를 멈추지 않는 것에는 다 이유가 있을 테니 말이다.

카페 '포항맘놀이터'(http://cafe.naver.com/phmomstory)는 지진 직후부터 주부들의 놀란 반응과 경험담, 자녀와 남편 그리고 이웃을 걱정하는 애틋한 마음을 공유하고 상처를 위로하는 장이 됐다.

JTBC 등 미디어의 홈페이지에 실린 전문가 인터뷰에 달린 시민들의 댓글들은 때론 촌철살인의 재치로, 때론 피해자의 분통의 목소리로 전문가들을 꾸짖었다.

포항의 물에 취약한 이암 지층에 4㎞ 깊이로 20cm 관을 박고 3,000t의 물을 들이부어 그 물을 160도까지 높이면 물이 수증기로 변할 때 1,628배 부피로 팽창한다 쳐도 지각이 받는 압력이 도대체 얼마나 될까?('진리는 나의 빛과

소금' 2017.11. 23 19:00)

근역강산 맹호기상도를 보면 말이여 포항은 호랑이 꼬리가 시작되는 지점이드만. 뭐 주식시장이나 시사용어로 잘 쓰이는 왝더독이란 용어도 있지만 꼬리가 없으면 몸의 균형을 못잡는 게 고양이과 동물들이듯 호랑이 꼬리가 없으면 호랑이가 아니제.('JURN-RA INDEPENDENCE')

땅에 구멍 뚫어서 물고문 시키니까 토한 거잖아. 아 못된 인간들('하루니' 2017.11. 23. 20:13)


## 정부의 재난 구호 체계 정비는 원점에서

재난을 비롯한 위험 상황이 발생하면 드러나는 공통점이 인간의 온갖 면모가 적나라하게 드러난다는 사실은 영화 〈타이타닉〉만 봐도 잘 알 수 있다. 이번 포항지진이 발생한 뒤 구호활동에 앞장선 포항시 공무원들의 얘기를 들어봐도 정말 도움이 필요한 이재민들의 틈에 '멀쩡한' 주민들이 많아 씁쓸해했다고 한다. 이로 인해 구호품이 엉뚱한 손에 들어가고 포항시가 흥해실내체육관 등 임시대피소를 비우고 수용 주민들의 이재민 여부를 가려내어 대피소를 옮기느라 애를 먹기도 했다. 주택 소파 피해 지원금 200만 원 지급을 둘러싼 갈등은 앞으로 적잖은 진통이 우려된다.

포항시는 지진 발생 초기의 긴박한 상황에서 재난 구호 활동에 상당한 허점을 드러냈다. 임시대피소에 수용된 이재민 명단과 구호품의 종류 및 수량 등 기본적인 사항조차 전산화하지 않아 곳곳에서 혼선이 빚어졌다. 이 같은 문제가 전국에서 반복되고 있는 이유는 지진과 태풍, 홍수 등 재난상황이 벌어졌을 때 중앙과 지방 정부의 안정된 협력 체계가 정비되지 않은 데 원인이 있다. 정부는 일본 등 재난 구호 선진국의 사례를 참고해 체계적인 대응 매뉴얼을 정비해 미리 지자체에 전달해야 한다. 개별 지자체가 지진, 홍수 등 개별 재난에 대해 그때그때 개별적으로 대응해야 하고 그 경험이 중앙과 지방에서 골고루 공유되지 않는 지금의 시스템으로는 일선 공무원과 이재민만 서로 맞서며 이중고를 겪게 된다.

2005년 8월 허리케인 카트리나 직후 미국의 중앙과 지방 정부가 보여준 공조의 엇박자는 당시에도 국제적인 망신거리였다. 연방재난관리청(FEMA 피마)이 초반 대응에 실패하는 바람에 뉴올리언스 시의 홍수 피해를 키웠고 이재민들은 대피소를 찾지 못한 채 사지를 헤맸다.

이때 가장 효과적으로 도움의 손길을 전한 곳은 바로 월마트였다. 조재형의 '위험사회'에 따르면 이 회사는 피마보다 먼저 피해지역에 도착해 3주에 걸쳐 트럭 2,500대 분의 물과 비상식량, 의약품, 화장지 등 구호품을 나눠줬다. 전국의 체인망을 통해 지역별로 재난에 대한 데이터베이스와 축적된 대응 경험이 비결이었다. 월마트는 태풍 상륙 전부터 상황실을 운영하며 탁월한 의사소통 체계를 통해 중앙최고관리자와 지역, 지구, 점장이 연결되고 재난이 시작되자 정해진 매뉴얼에 따라 대응했다.

중앙에서 피해지역 외곽에 구호품 집결지를 정하고 인근 매장의 점장이 상황을 보고하면 중앙은 다시 지역별 피해 정도를 파악하고 집결지에서 피해지역에 공급할 구호품 종류와 수량을 정했다. 이 과정에서 점장은 중앙에서 받은 재량권으로 현지 상황에 따라 구호품을 이재민에게 나눠줬다. 일부 매장은 치안 유지를 위한 경찰본부로 사용하게 하는 등 아이디어도 빛났다.

한국 정부는 물류업체인 CJ대한통운과 재난구호에 관한 협력관계를 맺고 있다. 이번 지진에서는 회사 측이 구호소의 포항시 물품배부 담당 실무자들과 만나 현황 등을 파악하고 돌아갔다. 롯데글로벌로지스는 구호지원물품 무료수송, 긴급이재민 이사 지원, 배식봉사 등의 공으로 '포항 지진대응 유공 정부포상 시상식'에서 국무총리 표창을 수상했다. 하지만 이번 포항지진에서도 재해현장의 진정한 유공자인 공무원과 자원봉사자의 손길이 이재민들을 더 효과적으로 돕기 위해서는 중앙과 지자체, 기업 간의 더 체계적인 대응 시스템이 정비돼야 하는 것으로 확인됐다.

이번 포항지진 이후 확인됐듯이 풍수해 위주로 제정된 재난 및 안전관리기본법으로는 지진에 의한 주택피해 조사와 복구지원금 지급 등 중앙과 지자체의 행정 처리에 한계가 있어 개선이 시급한 것으로 지적됐다. 특히 포항시의 담당 공무원들은 풍수해로 인한 피해가 단기간에 집중되는 것과 달리 지진은 본진에 이어 여진이 계속되는 특성을 고려해야 한다고 입을 모으고 있다. 여진 횟수가 늘 때마다 건축물 파손도가 점차 높아짐에 따라 1회의 피해조사로는 정확한 피해 산정이 어렵기 때문이다.

40여년 전 제정돼 주택 전파 1,500만원, 반파 500만원, 소파 100만원 등 비현실적인 지원금 규정을 현실화하도록 특별법의 신속한 국회 처리도 시급한 과제다. 포항의 범 사회단체 협의체인 포항지역발전협의회는 12월 21일 기자회견을 통해 특별법의 신속한 처리를 촉구했다.


## 지진의 고통과 피해도 '미투'를

대학에 다닐 때 가정 폭력의 실태와 피해를 다룬 번역서를 읽은 적이 있다. 제목이 『조용히 소리 질러라, 이웃이 듣는다』였다. 층간소음에 대한 배려가 아니라 신음과 비명을 집 바깥에서 들리게 하지 말라는 못된 의도이다.

이번 지진이 난 뒤 한동안 포항의 식당과 커피가게에서는 지진 이전과 비교하면 낯선 현상들이 종종 눈에 띄었다. 주로 주부들이 지진 피해를 얘기할 때는 일단 조심스럽게 주위부터 살피는 모습이 뚜렷했다. 이와 비슷한 목격담은 여러 사람에게서도 공통적으로 확인할 수 있었다. 왜 그런

지 이유를 묻자 대답으로 돌아오는 의견들도 모두 비슷했다. 자기 집의 피해가 주변에 소문이 날 것을 염려하고 다른 사람들이 사는 단지의 피해를 함부로 얘기하다가 당사자가 옆자리에라도 앉아 있을 경우 시비가 날까봐 조심한다는 이유 때문이란다. 아파트 값 걱정에서다.

우크라이나 태생의 기자 출신으로 2015년 노벨문학상을 수상한 작가 스베틀라나 알렉시예비치(Svetlana Alexievich)는 2차 세계대전에 구 소련군으로 참전한 여성과 원전 사고 피해자 수백명을 인터뷰해 『전쟁은 여자의 얼굴을 하지 않았다』와 『체르노빌의 목소리』를 펴냈다. 그녀는 격심한 고통을 겪은 사람들의 경험을 재구성해 창작하지 않고 인터뷰한 그대로 책에 실었다. 독자에게는 책장을 넘기는 내내 삶에서 겪지 못한 전쟁과 피폭의 경험이 온몸으로 전달된다. 이어 그들의 고통이 시공을 넘어 내 속의 것과 만나 서로 어루만지며 위로하는 듯한 느낌을 받으면 어느 사이에 평화에 이르게 된다.

지진이 포항을 덮친 이후 그 땅 위에서 눈에 보이든, 안 보이든 어느 곳 하나 금이 가지 않은 것은 없다. 내놓고 얘기는 못한 채 '쉬쉬' 하지만 정도의 차이가 있을 뿐이다. 무너지고 금이 간 건물은 허물거나 보수하면 피해가 낫는다. 하지만 마음속의 고통들은 서로 털어놓아야만 치유된다.

2017년 미국 헐리우드에서 한 여배우의 고백을 시작으로 전 세계에 이어지고 있는 '미투 캠페인'(# ME TOO)의 가르침은 '나도 당했다'는 용기가 성희롱과 성차별을 비난하고 몰아내는 데 머물지 않는다. 자신이 당한 모욕과 상처를 마음속에만 가둬둠으로써 가해와 피해의 악순환을 묵인하는 '속삭임의 네트워크'를 깰 용기가 없었다면 '미투'는 불가능했다.

지진도 마찬가지다. 그 재앙의 원인이 자연이 일으킨 자연재난이든, 지열발전소가 유발한 사회적 재난이든, 그로 인해 받은 피해와 고통은 먼저 피해자의 목소리가 되어 친구에게, 이웃에게, 그리고 세상 속으로 퍼져 나가야 한다. 피해자가 입을 닫을 때 그의 상처는 덧나게 되고 가해자의 죄는 잊혀진다.

# 글을 맺는 소망과 남은 질문들

"포항에 사는 저널리스트로서 당연히 써야 하는 의무다."―소설가 이대환 선배님의 말씀이 이 글의 출발이었다. 개인적인 사정으로 '기자의 일을 놓고 지내는' 필자를 위해 직접 펜을 들지 않겠다는 뜻이었다. 이 책은 이재민들의 고통에 함께 하지 못한 부끄러움에 대해 참회록을 쓰는 심정으로 채워졌다. 이재섭, 이동철, 임해도, 박성진, 장태원, 권영락, 강호진, 도형기, 김광일 등 여러 선배님들의 격려와 관심도 듬뿍 들어 있다.

포항지열발전소는 좋은 의도로 출발했다. 정부도 포항시도 업체도 그랬다. 그러나 좋은 의도가 나쁜 결과를 낳는 경우도 있다. 문제의 핵심은 그 과정이다. 나쁜 결과를 예고

하는 현상들이 63회나 나타났지만 그것들을 철저히 숨겨왔다는 사실이 포항지열발전소의 가장 심각한 문제이다.

글을 맺는 자리에서 고향사람들이 하루빨리 정상의 일상인으로 돌아오고 포항에 다시는 '이상한 지진'이 없기를 소망해보는 내 마음에는 몇 가지 질문들이 앙상한 나무처럼 서 있다.

첫째, 포항지열발전소 건설업체인 넥스지오는 63회 유발지진 발생에 대해 포항시에 단 한번도 알리지 않았는가? 그것을 포항시에 알릴 의무가 전혀 없었는가? 그래서 포항시는 정말 일반시민처럼 63회 유발지진을 까맣게 몰랐는가?

둘째, 63회 유발지진 발생 보고를 받은 산업통상자원부는 왜 그것을 숨겨왔는가? 국민을 위한 정부기관이었는가, 업체를 위한 정부기관이었는가?

셋째, 포항과 인연이 없는 국민의당 윤영일 의원과 더불어민주당 김성수 의원이 63회 유발지진에 대한 자료를 공개했는데, 포항의 두 국회의원(자유한국당 김정재, 박명재 의원)은 그 철저한 은폐에 대해 국정조사라도 요구해야 옳지 않은가?

넷째, 포항지진과 지열발전은 상관이 없다는 '부정파' 학자들에게 묻고 싶은 것으로, 북한이 길주군 풍계리에서 6차례나 핵실험을 했어도 그 산은 멀쩡하게 잘 버티고 있지만 만약 포항시 흥해읍에서 똑같은 핵실험을 했더라면 흥해읍은 단번에 거대한 구덩이로 변했을 텐데, 왜 그럴까? 땅의 성질이 너무 다르기 때문이지 않는가?

다섯째, 포항지진과 지열발전의 상관성에 대한 조사위원회가 어떻게 될지 몰라도 그 결과야 '상관성이 아주 높다'부터 '상관성이 거의 없다'까지의 어느 지점에 놓일 것으로 예단할 수 있는데, 이미 포항시민은 포항지열발전소를 재앙의 근원이라 여기고 있으니 정부는 '오랜 은폐에 대한 책임감'까지 통감하여 포항지열발전소를 폐쇄해야 옳지 않는가?

여섯째, 위의 5가지 질문들에 대한 대답을 찾고 듣는 일은 포항시민의 책임인데, 그 과정에서 지진피해복구를 넘어서는 '시민의식의 재건'도 이뤄질 수 있지 않겠는가?

# 이재민 시름 더한 '지진 포항'의 첫 겨울

포항지진은 국내 재난사상 지진에 의한 최대 피해를 준만큼 태풍과 홍수 등 여러 유형의 재난 가운데 지진 이재민을 위해 대피소를 장기 운영하는 첫 사례가 됐다.

2017년 11월 15일 이후 대피소 27곳에 분산 수용된 이재민 수는 최대 1천797명에 이르렀다가 2018년 2월 7일 기준 154가구, 324명으로 줄어들었다. 흥해실내체육관과 기쁨의 교회, 두 곳만 남은 대피소에는 24시간 난방기가 가동됐지만 보금자리를 잃은 이재민의 얼어붙은 마음까지는 녹일 수가 없었다.

규모 5.4의 강진이 뒤흔든 뒤에도 2018년 3월 16일 현재 99회의 여진이 계속 이어진 포항의 첫 겨울, 모든 시민이

느낀 체감온도는 그 어느 해보다 추웠다. 많은 이들의 입에서 '올 겨울에는 아파트 집에서 처음으로 웃풍을 느꼈다'는 말들이 나왔다. 알루미늄 섀시를 비롯한 주택의 창호가 지진의 진동으로 크고 작은 흠을 입은 데다 건물 외벽에 생긴 작은 균열조차 단열효과를 떨어뜨렸다는 나름의 분석에도 귀가 솔깃해졌다.

특히 2017년에서 2018년으로 이어진 겨울 동안 지구촌은 이탈리아 로마에까지 폭설이 내린 유럽과 미국을 비롯해 곳곳에서 이상 한파에 시달렸다. 한국도 2017년 12월 1일부터 이듬해 2월 5일까지의 최저 기온 평균은 영하 6.82도로 전체 평균인 영하 4.84도보다 낮았다. 이는 1980~1981년 이후 2년씩 묶어 비교했을 때 5번째로 추운 겨울이었다.

음력설인 2월 16일이면 대피소 생활 3개월째를 맞게 된 이재민들은 명절을 어떻게 보내야 할지 걱정이 더 깊어졌다. 하지만 두고 떠나온 집은 그 언제 온 식구들의 삶을 보듬었는지를 짐작조차 할 수 없을 만큼 온기가 가신 채 여전히 돌아가기에는 불안한 사지(死地)나 다름없었다.

## 12~2월 최저기온 평균

12월 1일~2월 5일 기준

| 순위 | 년/월 | 평균 |
|------|-------|------|
| 1 | 1980~1981 | -9.06 |
| 2 | 1985~1986 | -8.15 |
| 3 | 1983~1984 | -7.64 |
| 4 | 2010~2011 | -7.37 |
| 5 | 2017~2018 | -6.82 |
| 6 | 2012~2013 | -6.67 |
| 7 | 1984~1985 | -6.63 |
| 8 | 2009~2010 | -6.29 |
| 9 | 2014~2015 | -5.69 |
| 10 | 2005~2006 | -5.67 |
| 11 | 2011~2012 | -5.66 |
| 12 | 1981~1982 | -5.45 |
| 13 | 2000~2001 | -5.34 |
| 14 | 1995~1996 | -5.34 |
| 15 | 1996~1997 | -4.90 |
| | 평균 | -4.84 |

〈그래픽 제공 동아닷컴〉

　흥해읍 대웅파크1차는 대표적인 사례이다. 5.4 지진 당시 기둥 곳곳에 금이 갔음에도 포항시는 전문가가 참여한 1차 정밀안전진단 결과 '안전' '거주 가능' 판정을 내렸다.

하지만 계속된 여진에 불안한 주민들은 호미를 들고 아파트 기둥 근처의 지반을 파헤쳐 가며 직접 확인한 결과, 금이 가 있음을 확인하고 포항시에 신고를 했다. 다급해진 주민들은 이어 2018년 1월 31일에는 포항시청 앞에서 이주 대책을 요구하는 집회를 열고 청원서를 냈다.

인근의 한미장관맨션 주민들도 포항시가 위촉한 전문가들이 참여한 안전진단 결과에 대해 수용 거부 입장을 밝히고 전국을 대상으로 직접 수소문에 나서 노력 끝에 전문업체를 선정하기에 이르렀다.


## '재난 선진국' 일본도 구호주택 공급은 난제

포항시는 사상 초유의 재난 상황으로 경황이 없는 와중에서도 지진 발생 초기부터 집이 전파된 이재민들을 위한 임시주택 확보에 상당한 행정력을 집중했다.

이를 통해 심각한 피해를 입은 주민들에게 국토교통부와 LH(한국토지주택공사), 전국재해구호협회의 협조 아래 주로 북구 양덕동 일대에 위치한 공공임대주택과 컨테이너 및 오두막 형태의 이동형 조립주택이 제공됐다. 2월 1일 기준 안전진단 결과 '위험' 판정을 받은 공동주택 등 이주 대상 613가구 가운데 88%인 542가구, 1천374명이 이주를 마쳤다. 이 가운데 이동형 조립주택에는 91개 동에 88세대가 3월까지 입주하기로 정해졌다.

일본은 지진을 비롯해 각종 재난 대응에서 선진국으로 불리지만 사회 전반의 안전 시스템이 전면 개편된 계기는 바로 2011년 3월 11일의 도호쿠(동북) 대지진이었다. 후쿠시마, 미야기, 이와테 등 도호쿠 지방 3개 현을 덮친 지진과 쓰나미로 인한 사망자는 무려 1만5천895명, 행방불명자 2천539명. 규모는 9.0으로 1900년 이후 세계에서 4번째로 강력한 지진이었다. 당시 일본사회가 받은 충격은 '산텐 이치 이치'(きんてん いち いち, 3·11)라는 고유명사가 됐을 정도로 컸다. 오죽했으면 '일본은 산텐 이치 이치 이전과 이후로 나뉜다'는 얘기가 나올 만큼 지진 대비를 중심으로 사회 전반 체계가 대점검을 거쳐서 일대 전환을 맞았다.

이러한 일본도 재앙 이후 7년이 흘렀지만 집을 잃은 이재민이 아직도 7만3천명이나 되는 현실 앞에서는 이주 대책으로 골머리를 앓고 있다.

일본의 정부와 지자체가 이재민에 제공하는 주택은 재해공영주택, 부흥주택으로 불린다. 중앙일보와 아사히신문 등 국내외 언론 보도에 따르면 스스로 대체 주택을 해결할 수 없는 이재민을 위한 부흥주택은 당초 2015년까지 완공될 계획이었지만 2018년으로 연기됐다. 심지어 내후년까지 예정된 곳도 있지만 장담하기 어려운 실정이다. 재난에 강한 일본이지만 높은 자재 가격과 일손 부족, 쓰나미에 대비한 고지대의 택지 확보와 건설 등의 난제들에 발목이 잡히고 있다.

## 포항시의 무리한 지진대피소 폐쇄 추진, 간발의 차로 포항시 당국 위기 모면

지난 1월 31일 한미장관맨션 등 오랜 대피소 생활을 이어가던 흥해읍 일부 주민들은 포항시청에서 집회를 마친 뒤 돌아왔다가 공무원들에게 항의를 하는 등 살벌한 상황이 연출됐다. 이날 소동은 주민들이 체육관을 비운 사이, 시청 직원들이 비어 있는 텐트 64개를 치워버린 것이 발단이었다. 그리고 이틀 뒤, 2월 2일, 포항시는 여진이 이어지는 상황 속에서도 대피소를 폐쇄하기 위해 주민들을 설득하는 설명회를 열었다.

포항시는 2월 16일 설을 앞두고 10일부터 이재민 임시구호소 운영을 중단한다는 계획을 세웠다. 이재민의 88%가 임대주택 등에 이주를 마쳤으며 명절을 맞아 자원봉사자들이 활동을 중단할 수밖에 없다는 것이 주된 이유였다.

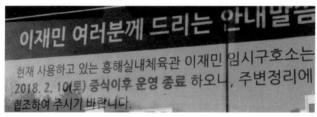

포항시가 흥해실내체육관에 부착한 폐쇄 안내문

이에 흥해실내체육관의 250여명을 비롯해 대피소 2곳의 이재민 324명은 즉각 반발하고 나섰다. 자신들은 주택 일부 파손, 즉 '소파' 판정을 받아 이주 대상자는 아니지만 불안한 집에 돌아갈 수가 없다는 것이었다. 앞서 주민들은 규모 5.4에 이어 여진으로 인해 주택 균열이 더 심해지고 있는 상황에서 포항시가 추가 조사를 하거나 아예 자신들이 선정한 업체가 조사를 할 수 있도록 요구하고 있었다.

당시 포항시의 구호소 폐쇄 결정은 간부와 직원들의 업무 피로도가 누적된 상황에서 적잖은 고심의 결과였다. 시는 주민 반발을 고려해 자원봉사자들을 멘토로 정해 이재민에게 '맨 투 맨' 방식으로 폐쇄를 설득하는 등 노력을 기울였다. 하지만 당초 잡았던 목표치보다 폐쇄에 동의하는 주민들의 비율이 미치지 못하자 무리하게 계획을 밀어부쳤다는 정황들이 확인됐다.

특히 포항시가 폐쇄의 주된 근거를 마치 자원봉사자들의 사정 때문인 양 언론에 비춰지게 했다는 데 대해서 불만의 목소리가 높았다. 재난대피소는 재해구호법에 근거하는 법제화된 시설이며 자원봉사자들이 구호 업무의 중심에 있지도 않다는 것이다. 실제로 재해구호법 시행령은 이재민의 피해와 생활 정도 등을 고려해 6개월 이내의 구호 기간을 정하도록 돼 있다. 또 주거안정을 위해 필요할 경우 연장할 수도 있다.

어쨌든 주민들의 반발에 부딪혀 당초 예정됐던 2월 10

일에도 대피소는 문을 열었지만 상당수 이재민은 포항시의 설득에 짐을 정리해 3개월여 동안의 피난 생활을 접었다.

하지만 그로부터 몇 시간 뒤, 해가 떠오르기도 전에 이들은 다시 황급하게 피난 보따리를 꾸려 대피소의 차가운 문고리를 잡아야 했다. 2월 11일 일요일 새벽 5시, 시민들이 휴일의 새벽잠을 즐기고 있던 포항을 또 다시 규모 4.6의 지진이 강타했다.


## '5.4 + 4.6 = 10.0'

기상대는 이날 지진이 오전 5시 3분 3초 포항시 북구 북북서쪽 5㎞지역(북위 36.08도, 동경 129.33도)에서 발생했으며 깊이는 9㎞라고 밝혔다. 2017년 11월 15일 오후 2시 29분 31초에 규모 5.4 발생 후 오후 4시 49분의 여진이 규모 4.3이었으니 본진에 이어 두 번째 강한 지진이었다. 포항지진은 마치 규모 5.4로도 부족해 기어코 더해서라도 10.0을 채우겠다는 듯이 시민들을 또 다시 4.6 공포의 도가니로 몰아넣었다.

진앙지인 흥해읍과 가까운 양덕동을 비롯해 포항 북구의 아파트 밀집지역 인근의 주요 간선도로는 오전 6시 무렵 차량들의 장사진이 이어졌다. 11월 15일의 규모 5.4 당시처럼 고속도로 포항요금소 주변도 포항을 탈출하려는 시민들의 아우성이 넘쳐났다.

5.4 본진 때보다 진동과 충격이 더 컸다는 체험담들이 이어졌다. 포항시 재난안전대책본부가 이날 오후 4시 기준으로 집계한 부상자 수는 36명에서 2월 16일에는 43명으로 늘어났다. 부상 유형은 5.4 당시처럼 주로 낙하물 피해가 아니라 대피 과정에서 실수에 의한 것이어서 지진의 트라우마가 영향을 끼쳤으리라고 짐작할 수 있었다. 5시 5분께 북구 용흥동의 80대 노인은 집 화장실에서 넘어져 다리 골절상을 입었으며 한 대학생은 오전 5시 13분께 대피 중 넘어지면서 머리를 다쳐 병원 치료를 받았다.

흥해체육관 등 한때 문을 닫을 뻔했던 대피소는 다시 사람들로 넘쳐났다. 하지만 일부 주민들은 포항시의 설득에 체육관을 떠나자마자 이재민들의 텐트가 이미 깨끗하게 치워진 모습에 격앙된 모습을 보였다.

불과 하루 사이에 상황이 급변하자 포항시 간부와 직원

들도 당황해하는 모습이 역력했다. 주민들의 거듭된 요구 앞에서 텐트를 당장 설치하기가 어렵다는 설명이 나오자 곳곳에서 고성이 오가는 상황이 이어졌다.

2월 11일 새벽 규모 4.6 지진이 발생한 뒤 북구 우현동의 한 아파트 주민이 대피 차량들의 행렬을 집에서 촬영한 모습 〈사진 제공 연합뉴스〉

만일 포항시가 계획대로 2월 10일 대피소 폐쇄를 강행했다고 가정한다면, 이튿날 새벽에 어떤 일이 발생했을까? 상상하기란 그리 어려운 일이 아니다. 정부가 2017년 11월 16일 예정됐던 대입 수능을 강행했을 경우에 받았을 그만큼의 비난이 그대로 쏟아졌을 것이다.

무리한 폐쇄 예정일을 하루 넘긴 시점에서 닥친 규모 4.6의 지진이 포항시에 주는 의미는 민심이 천심이라는 가르침이나 다름 없었다.


## '포항 탈출'에 내몰리는 시민들

규모 5.4의 11 15, 4.6의 2 11, 건물 바깥으로 뛰쳐나온 포항시민이라면 공통적으로 지진의 공포에 이어 과연 어디로 몸을 피해야 할지 난감한 경험을 했을 것이다. 시민들이 추위 속에서 용변을 참다못해 집 근처의 편의점이나 커피가게로 몰려가면서 마치 이들 업소가 유료 대피소인 양 특수를 누리는 진풍경이 재난 포항의 쓸쓸한 자화상이 된 것이다.

낭패를 경험해본 시민들이 무작정 불안한 도시를 벗어

나고 보는 지금의 대응 체계는 정부와 지자체가 더 이상 해결을 미뤄서는 안 될 심각한 문제점을 안고 있다.

포항시의 경우 5.4 지진 뒤 학교 강당이나 체육관을 중심으로 대피소를 지정해 아파트 단지 등에 게시하고 있다. 하지만 이미 알려진 대로 대부분의 학교 건물이 거듭된 지진으로 상당한 피해를 입어 주민들이 이용을 주저하고 있다. 더 큰 문제는 시가 대피소로 지정만 해놓았을 뿐 지진 발생 시 시설 개방이 되지 않고 있는 것이다.

전국재해구호협회 배천직 박사는 「재난현장 대응 및 대피소 운영 능력 강화 방안: 일본의 자주방재조직과 대피소 운영 사례를 중심으로」라는 논문을 발표한 국내 재난구호 전문가로 손꼽히고 있다.

그는 최근 뉴시스 보도에서 "포항 지진으로 이재민들이 겪는 불편을 보면 실태가 여실히 드러난다"며 "대피소를 지자체에서 지정한다고 해도 운영 매뉴얼이 없는 등 재난이 발생한 뒤 활용 대책이 미흡하다"고 지적했다.

배 박사의 그 논문에 따르면 2017년 말 기준 국내에 지정된 지진대피소(옥외 실내) 수는 모두 7천68곳이다. 이들 대피소의 총면적(7천632만4천100㎡)을 바탕으로 살펴본 국민 1인당 지진대피소 면적은 1.5㎡로 나타났다. 우리나라 국민 한 사람당 확보된 지진대피소 공간이 1평(3.3㎡)의 절반도 되지 않는 것이다.

배 박사는 "각국 현황이 천차만별이긴 하나 UN난민기구의 겨울철 난민 발생 시 대피소 1명당 최소 보장 공간은 4.5㎡(약 1.4평)"라며 "현재 국내에서 대형 지진이 발생할 경우 많은 이재민이 대피소를 이용할 수 없다"고 설명했다.

하지만 정부와 지자체가 정해놓은 이 같은 대피소 현황은 행정 서류에만 정해져 있을 뿐 시설 내에는 식량 등 비상물품을 비롯해 유사시에 대비한 준비는 돼 있지 않다.

그의 논문에 따르면 일본은 2011년 동일본 대지진 이후 재해대책기본법을 개정해 '대피소에서의 양호한 생활환경 확보를 위한 대응 지침'을 마련하고 대피소 운영을 위한 다양한 준비를 하고 있다. 주민 대다수가 피할 수 있도록 대피소를 지정하고, 지역 내 지정대피소가 부족하면 여관, 호텔, 기업의 사옥 일부 등을 활용할 수 있도록 사전 협정을 체결해 준비한다.

일본은 또 대피소 운영이 원활하게 이뤄지도록 '대피소 운영 지침(매뉴얼)'도 만들어 운영 중이다. 대피소에서는 식량 배급, 대피자 관리 및 상담, 물자 조달, 봉사 등 역할이 배정되며 평상시에도 재해 발생 때 역할을 맡을 관련자들에 대해 연수나 모의훈련을 진행한다. 아울러 환경변화에 취약한 노약자, 장애우 등 배려자를 위한 복지대피소도 지정해 운영한다. 이곳에서는 배려자 10명당 1명의 직원을 배치하도록 한다.

배 박사가 국내 재난 대처 실태에 대해 심각한 문제의식을 갖고 본격적인 연구에 매달린 계기는 세월호 사고였다. 그는 당시 피해자 가족들이 진도실내체육관에서 200일 이상 생활하면서 겪은 어려움을 목격했다.

그는 "수백 명이 뒤엉킨 곳의 차가운 마룻바닥에서 가족들이 불면증을 겪었다"며 "포항 지진에서도 발생한 문제점을 추가 연구해 학회에서 발표할 예정"이라고 설명했다.

이처럼 대피소에 장기 거주해야 할 만큼 주택에 심각한 피해를 입은 이재민이 아닌 일시적 대피 시민들을 위한 공간도 마련돼야 한다. 규모 5.4에 이어진 규모 4.6 지진 당시처럼 불안감으로 집을 빠져 나온 시민들이 꽉 막힌 도로에서 분통을 터뜨리는 현실은 더 이상 미뤄두고 볼 일이 아니다.

# 조사단장이 밝힌 초심은 '과학자적 양심'

산업통상자원부가 지진 발생 1주일 만인 2017년 11월 22일 구성과 운영 방침을 발표한 지열발전 정밀조사단의 3월 6일 포항시 방문은 사전홍보 없이 상당히 전격적으로 이뤄졌다는 인상을 줬다.

산업부는 앞서 2월 23일 대한지질학회를 조사 수행기관으로 최종 선정하고, 국내외 14명(국외 5명, 국내 9명)의 저명한 석학들로 정밀조사단을 구성했다.

조사단의 총괄 책임자는 이강근 서울대 교수가, Shemin Ge 미국 콜로라도대 교수와 여인욱 전남대 교수가 공동 조사단장을 각각 맡았다. 조사단원은 William Ellsworth 미국 스탠퍼드대 교수, Domenico Giardini 스위스 취리히공대 교수, Toshi Shimamoto 일본 교토대 교수, John Townend 뉴질랜드 빅토리아대학 교수, 이준기 서울대 교수, 신동훈 전남대 교수, 손문 부산대 교수, 강태섭 부경대 교수, 장찬동 충남대 교수, 이진용 강원대 교수, 오석훈 강원대 교수로 구성됐다.

이밖에 처음 연관성 의혹을 제기한 이진한 고려대 교수와 반대측인 홍태경 연세대 교수는 상시자문단에 위촉됐다.

관계자들에 따르면 당초 조사단은 이날 곧바로 지열발전소 현장 일대를 둘러본 뒤 8일 서울프레스센터에서 조사착수 보고 기자회견을 할 예정이었다. 일정에 없던 포항시청 방문에 이은 간담회는 시 측의 요청으로 이뤄지게 됐다. 포항에서는 이강덕 포항시장, 김정재 국회의원, 문명호 포항시의회 의장 및 시의원 등이 참석했다.

그린포스트코리아의 보도에 따르면 이강덕 시장은 인사말을 통해 "이번 조사가 우리나라의 첫 사례이고 세계적으로도 관심과 이목이 집중된 만큼 역사적 의식을 가지고 조사에 임해줄 것"을 당부했다. 이 시장은 또 "한 점의 의혹이 없는 조사를 위해서는 과학적, 기술적으로 명명백백한 조사가 이루어져야 할 것이지만 지역사회의 공감과 지지를 얻을 수 있도록 조사과정에서 충분한 소통이 이뤄져야 한다"고 강조했다. 또 "주기적인 주민설명회와 브리핑 등으로 시민들의 궁금증과 의혹을 해소하고, 현장사무실을 개설해 더욱 가까이에서 소통할 수 있는 창구를 마련해 줄 것을 요청한다"고 말했다. 이밖에 이시장은 지역 주민대표와 교수를 자문단에 포함시키고 조사단의 조사결과, 지진

과 지역발전소의 연관성이 확인될 경우 복구방안도 함께
제시해 달라고 덧붙였다.

〈사진 제공 포항시〉

이에 대해 공동조사단장인 여인욱 전남대 교수는 "11·
15지진으로 많은 재산적 피해와 정신적으로 고통 받고 힘
들어하는 포항시민들에게 심심한 안타까움을 전하고 빠른
회복과 안정적인 생활을 찾을 수 있기를 진심으로 바란다"
며 위로했다. 여 교수는 "대한지질학회에서 이번 정밀조
사를 맡은 것에 대해 전 국민이 지켜보고 있는 만큼 어깨가
무겁고 책임감이 강하게 들며 모든 시민들이 신뢰할 수 있

도록 과학자적 양심으로 철저하고 명백한 조사를 진행할 것"이라고 밝혔다.

포항을 처음 방문해 공식활동을 공개한 조사단은 이강덕 시장을 비롯해 포항시 간부들이 지열발전소에 대해 강경한 입장을 보이자 놀라는 분위기가 역력했다. 특히 포항시가 정부의 공동조사단과 별도로 한동대 등 지역 학계와 협력해 조사단을 구성할 계획임을 밝히자 긴장된 모습을 보이기도 했다.

여인욱 단장의 표현대로 조사단이 학자적 양심을 내건 초심을 끝까지 유지해 포항시민들이 수긍할 만한 결과를 제시할 지는 앞으로 두고 볼 일이다. 스위스 바젤에서도 지열발전소가 유발했다는 논란을 빚은 지진 발생 후 프랑스, 독일 등 다국적 조사단이 구성됐다. 하지만 조사단은 명확한 결과를 내놓지 않았고 민사재판에서도 바젤시는 승소하지 못했다. 따라서 벌써부터 정부의 예산이 지원되는 조사단이 명확한 원인 규명이 아니라 연관성을 애매하게 추정하는 선에서 결과를 내놓을 것이라는 회의적인 시각이 적지 않다.

이날 행사를 주관한 기관에 포항시, 대한지질학회와 함께 참여한 한국에너지기술평가원(에기평)이 과연 공정한 자격이 있는지도 따져봐야 한다. 지난해 지진 발생 뒤 JTBC 특종 보도를 통해 각종 의혹이 제기돼 논란의 한 당사자이기 때문이다. 지열발전 주관사인 (주)넥스지오의 물 주입 과정에서 유발지진 63회 발생 사실은 에기평을 통해 산업부에 보고됐다. 당시 전문성을 가진 에기평이 산업부의 관료들에게 유발지진 발생 우려를 제대로 보고했더라면 물 주입을 비롯해 사업 중단이 더 앞당겨졌을 수 있기 때문이다.

## 연구추진 체계

| 주관기관 | 책임자 | 담당기술내용 |
|---|---|---|
| 대한지질학회 | 총괄책임자(이강근) | 포항지진과의 연관성 분석 |

해외전문가자문

| 해외조사위원회 (수행기간:2018.03~2019.02) | 국내조사단 (수행기간:2018.03~2019.02) | 한국지구물리·물리탐사학회 (수행기간:2018.03~2019.02) |
|---|---|---|
| 지진연구 | 지진연구 | 물리탐사연구 |
| 수리지질연구 | 수리지질연구 | |
| 구조지질·지질역학연구 | 구조지질·지질역학연구 | |

## 조사단 주요 이력

| 연번 | 구분 | 성명 | 최종학력 및 주요경력 |
|---|---|---|---|
| 1 | 해외조사 위원장 | Shemin Ge | • 前 미국국립과학재단 지구과학분야 책임자<br>• 現 콜로라도대학교 교수 |

| 2 | 해외<br>조사단 | William<br>Ellsworth | • 現 Co-Director of Stanford Center of<br>Induced and Triggered Seismicity<br>(스탠포드대 유발지진센터 공동이사)<br>• 現 스탠포드대학 교수 |
|---|---|---|---|
| 3 | 해외<br>조사단 | Domenico<br>Giardini | • 前 European Seismological Commission<br>President (유럽지질위원회의장)<br>• 現 스위스 취리히공대 교수 |
| 4 | 해외<br>조사단 | Toshi<br>Shimamoto | • 現 교토대학 명예교수 |
| 5 | 해외<br>조사단 | John<br>Townend | • 前 New Zealand Geophysical Society<br>President (뉴질랜드 지구물리학사회의장)<br>• 現 빅토리아대학 교수 |
| 6 | 총괄<br>책임자 | 이강근 | • 미국 Purdue대학교 박사 졸업<br>• 現 서울대학교 지구환경과학부 교수<br>• 現 대한지질학회 회장 |
| 7 | 국내조사<br>단장 | 여인욱 | • 영국 Imperial College London(런던왕실대학)<br>박사 졸업<br>• 現 전남대학교 지구환경과학부 교수 |
| 8 | 국내<br>조사단 | 강태섭 | • 서울대학교 박사 졸업<br>• 現 부경대학교 지구환경과학과 교수 |
| 9 | 국내<br>조사단 | 이준기 | • 미국 California(위스콘신)대학교 박사 졸업<br>• 現 서울대학교 지구환경과학부 부교수 |
| 10 | 국내<br>조사단 | 신동훈 | • 서울대학교 박사 졸업<br>• 現 전남대학교 지구환경과학부 부교수 |
| 11 | 국내<br>조사단 | 이진용 | • 서울대학교 박사 졸업<br>• 現 강원대학교 지질·지구물리학부 교수 |
| 12 | 국내<br>조사단 | 장찬동 | • 미국 Wisconsin대학교(Madison) 박사 졸업<br>• 現 충남대학교 지질환경과학과 교수 |
| 13 | 국내<br>조사단 | 손 문 | • 부산대학교 박사 졸업<br>• 現 부산대학교 지질환경과학과 교수 |

| 14 | 국내<br>조사단 | 오석훈 | • 서울대학교 박사 졸업<br>• 現 강원대학교 자원에너지시스템공학과 교수 |
|---|---|---|---|
| 15 | 상시<br>자문단 | 이진한 | • 미국 New York대학교 박사 졸업<br>• 現 고려대학교 지구환경과학과 교수 |
| 16 | 상시<br>자문단 | 홍태경 | • 오스트레일리아 국립대학교 박사 졸업<br>• 現 연세대학교 지구시스템과학과 교수 |

〈자료 사진 제공 포항시〉

# '한국형 지진'이 아니라 '포항형 지진'이다

특정 사물이나 사건에 대해 정의를 내릴 때 어떤 개념을 부여하느냐에 따라 결과는 천차만별의 차이로 달라진다. 특히 학자의 연구나 공무원의 행정에서 부주의의 차원을 넘어 의도된 개념 정의는 개인과 사회에 큰 피해를 줄 수도 있다.

포항지진 사태 이후 학계와 언론을 중심으로 그 원인 규명을 위해 진행되는 일련의 논의에서 잘못된 개념정의의 조짐들이 나타나고 있다. 2018년 2월 22일 보도된 TBC 뉴스를 인용해본다.

독일 킬대학교 지구물리연구소가 조사한 경주와 포항의 지반 조사 자룝니다. 중력장과 자기장 값을 바탕으로 땅 속 지반을 3D로 파악한 건데, 일대의 지반 성질과 큰 차이를 보이는 독립된 암체가 확인됩니다. 거대한 화강암체, 지진은 바로 이곳 아래에서 일어났습니다.

　"밀도가 낮고, 고립돼 있으며, 원통형으로 존재하는 화강암이, 그 밑으로 LVZ(low-velocity zone), 즉 굉장히 연약한 지반 또는 온도가 굉장히 높은 지반체가 있다는 것을 알 수 있습니다."(최승찬/독일 Kiel대학교 지구물리연구소 박사)

　다시 말해 경주와 포항의 지진은 지하 활성단층에서 발생하는 일반적인 지진과는 다른 한국 동남부형 지진이란 겁니다.

　"지하 심부에 있는 독립된 화강암체가 상당히 앞으로 지진을 유발할 수 있는 위험요소가 있다 라는 말씀을 드리고, 한국형 지진이 일어난 원인을 밝히기 위한 연구가 필요합니다."(유인창/경북대학교 지질학과 교수)

두 학자의 입을 빌어 '한국 동남부형 지진'에 이어 '한국

형 지진'이라는 개념이 대중들에게 제시된 것이다. '지하
활성단층에서 일어나는 일반적인 지진과 달리' '지하 심부
에 있는 독립적 화강암체가 상당히 앞으로 지진을 유발할
수 있는 위험요소'라는 분석도 곁들여졌다.

포항지진 피해에 몸서리치고 있는 당사자의 입장에서
학자들의 이 말은 단순히 지질학적 전문용어나 분석으로
만 들리지 않는다. 두 학자는 외국의 전문기관이 분석한
3D자료를 인용해 미지의 땅속을 마치 들여다보고 있는 듯
이 분석하고 있다. 그러면서도 바로 그 땅 위에 떡 하고 버
텨 서 있는 지열발전소라는 분명한 존재에 대해서는 한 번
의 눈길도, 어떤 언급도 하지 않고 있다.

이날(2월 21일) 경북대 지진특화연구센터가 개최한 '한
반도 동남부 지진활동 현황과 전망' 전문가 토론회에서 유
발지진의 가능성을 지적한 학자는 아무도 없었다. 이날 토
론회는 앞으로 포항지진의 원인과 대책을 따져보는 논의
에서 가장 경계해야 할 부주의나 오류를 보여준 사례로 볼
수 있다. 포항지진의 원인을 단층이나 암체의 지질적 작용
에 의한 것으로만 보는 환원주의에 기울어 지열발전소를
비롯한 인위적 유발 요소에서는 눈을 돌리는 것이 아닌가?

학자들은 수많은 주민들이 집을 잃고 아직도 불안에 떨며 하루하루를 이어가고 지열발전 연관성을 규명해달라며 대책기구까지 결성해 있는 현실을 직시해야 한다.

이날 토론회에서 제기된 대부분 연구자들의 분석에서도 포항과 경주 지진을 '한국 동남부형 지진'이나 '한국형 지진'이라는 같은 범주로 묶어야 하는 근거는 보이지 않는다.

'국내 지진학 박사 1호' 이기화 서울대 명예교수는 "경주지진은 양산단층에서 발생했다는 측면에서 과거와 크게 다르지 않지만 포항은 뚜렷한 단층을 찾기 힘들다. 특히 지표단층이 없어도 규모 5 이상의 지진이 발생할 수 있다는 것을 증명한 사례다"고 밝혔다.

유인창 경북도 교수도 "경주지진은 양산단층과의 관계로 설명할 수 있는데 수평 압축이 가해져 주향이동을 하면서 지진이 발생했을 것으로 보인다" "포항은 2㎞ 퇴적암이 쌓여 있으며 포항 분지는 구조적으로 단층이 잘 나타나 있지 않다. 그럼에도 불구하고 지진이 일어난 것은 새롭게 접근해야 할 방향이다"라고 비슷한 분석을 했다.

김광희 부산대 교수도 "경주지진은 공간상으로 깊이 면에서 지진의 위치가 제한적으로 분포돼 양산단층과 관계가 깊다. 본진과 여진 분포도 경사가 일치하는 것도 그 증거다" "반면 포항은 지진 발생지역이 확장되는 모양새다. 경주가 본진 주변에 여진이 많이 발생하는 반면 포항은 본진에서 떨어진 지역에서 여진이 주로 발생하는 특징이 있다"고 분석했다.

지질학자들이 앞서 가르쳐준 대로 분석해보자. 지진은 단층에서 일어난다. 경주지진은 단층에서 발생했으니 일반적 지진이다. 포항은 경주지진과 다르다. 포항지진은 한국에서 발생한 적이 없는 '포항형 지진'이다. 포항에는 전 세계에서 4번째, 아시아에는 유일한 EGS지열발전소가 있다. 한국에서 처음으로 포항형 지진이 발생했다. 외국에서는 이지에스 지열발전소 건설, 가동 과정에서 유발지진이 발생하자 즉각 사업을 중단하거나 완전히 폐쇄했다.

더구나 한국에서는 규모 5.4 지진이 발생해 주민들이 큰 피해를 입기에 앞서 이미 63회의 유발지진이 발생한 사실이 드러났다. 하지만 이는 정부와 사업자에 의해 은폐되고 사업은 강행됐다. 인근의 흥해읍 주민들은 음모도 모른 채 63회의 유발지진에 밤낮으로 시달렸다. '포항형 지진'은 이지에스 발전을 하는 전 세계 어느 나라에서도 발생한 적이 없는 '정부  기업 유착형 유발지진'일 가능성이 커지고 있다. 재난 안전의 후진국이라는 의미에서만 한국형 지진은 있다.


## 뒤늦게 드러나는 유발지진 체험 사례들

흥해읍 망천리 등 포항지열발전소 인근에 사는 주민들이 설비 건설과 물 주입 과정의 3년여 동안 겪어야 했던 생생한 유발지진 체험사례는 규모 5.4 본진의 축소판인 듯 충격적이다.

그 가운데 어떤 이는 소음과 진동의 극심한 고통 속에서도 국가기간산업에 대한 국민의 도리라고 믿고 묵묵히 참으며 지냈다고 고백하기도 했다. 정부와 넥스지오가 유발지진 발생 사실을 철저하게 숨긴 채 사업을 강행하는 동안 영문도 모르고 지진에 발전소 인근 주민들이 받았을 고통을 상상하기란 어렵지 않다.

대표적인 사례는 발전소와 불과 600여m 떨어진 거리에서 한동농원을 경영하는 박래근(61)씨의 체험이다. 그는 지난 2월6일 흥해복지문화센터에서 열린 '포항지진과 지열발전 포항시민대회'에 참석해 그동안 공개되지 않았던 자신의 유발지진 경험을 발표해 관심을 모았다.

"2015년 중반 이후 주로 밤 11시쯤부터 시작해 마치 함포소리와 같은 '쿵쿵' 굉음이 들리기 시작했습니다. 나중에 각종 보도를 통해 알고 보니 그때는 발전소가 가동되기 전 파이프로 지하를 굴착하던 시기였습니다. 며칠 뒤 주변을 살펴보니 발전소의 직원들이 속칭 '스즈키 작업복'(상하 일체형 작업복)을 입은 채 중간간부로 보이는 한 여성의 지시 아래 항상 야간에 산길을 다니며 작업하는 모습을 볼 수 있었습니다. 발전소의 용수는 한국농어촌공사가 관리하는 인근의 '관답 소류지'에서 대형 파이프로 공급되고 있었습니다. 가뭄에도 고갈된 적이 없는 못이니 그 많은 물을 땅속에 주입하려면 꼭 필요했다고 생각됩니다.

2016년 1월부터는 상황이 훨씬 심각하게 달라졌습니다. 밤에 방안 침대에 누우면 방구들 아래 땅 속에서 군대에서 행군 시절 수통에 물을 거의 채웠을 때 출렁대는 것처럼 '꾸룩꾸룩'하는 소리가 나기 시작했습니다. 그리고 어떤 때는 집 앞마당에 1t 바위가 떨어지는 것처럼 굉음소리가 '꽝' 하고 났습니다. 때로는 비포장도로를 중량의 구형 탱크가 지나가는 듯한 잡음이 나거나 맷돌로 가는 소리, '찡' 하는 날카롭고 무거운 소리를 비롯해 다양한 굉음에 밤 마다 제대로 잠을 이룰 수가 없었습니다.

결국 12월 12일에는 밤 11시 35분부터 지하에서 '윙윙' 하는 기계음 소리에 도저히 참을 수가 없어서 지프차를 몰아 새벽 4시 30분경 지열발전소로 갔습니다. 당시 현장에 아무도 없길래 가건물 숙소에 있던 조선족으로 추정되는 사람의 안내로 직원을 만나 항의를 하고 그냥 돌아왔습니다. 다음날 오전 공사 시작 후 처음이자 마지막으로 넥스지오의 김 과장이라는 사람이 음료수를 한 상자 사들고 와서 사과를 하고 돌아갔습니다. 하지만 2017년 한해 내내 땅속에서 크고 작은 물소리, 지상 2층 높이에서 2톤 무게의 바위를 마당에 던진 것 같은 '쿵' 하는 굉음이 이어졌습니다.

하도 오랫동안 시달리다보니 정말 견디기 어려울 때가 많았지만 '국가기간산업을 건설하는데 국민으로서 참아야 옳다'고 생각하고 넘어갔습니다. 그런데 뒤늦게 11월 15일 진앙지 위에서 끔찍한 강진을 겪고 보니 장장 3년 동안 내가 지열발전소 옆에서 살며 겪은 소음과 진동이 큰 재앙을 앞둔 경고였다는 사실을 뒤늦게 깨닫게 됐습니다.

5.4 강진이 나던 당시 과수원에서 대봉 감을 크기별로 구분하는 작업을 하고 있었습니다. '우르르' 소리와 진동에 이어 사방이 아래위로 흔들려 몸을 가눌 수도 없는 두려움 속에 본능적으로 가까이 있는 감나무 가지를 붙잡고 버텼습니다. 그 순간, 과수원에 놓아둔 30말 들이 거대한 물통들이 마치 영화의 강시처럼 상하로 급하게 쿵쿵 뛰는 장면을 목격했습니다."

지열발전소 옆 진앙지 근처에 거주하는 박래근 씨의 증언은 포항 강진이 '직하형 지진'이었다는 결정적인 근거라할 수 있다. 박 씨의 경험담 외에도 지열발전소 현장에 고용돼 근무했던 몇몇 남녀 관계자는 주변의 흥해 주민들에게 '콘크리트 바닥이 균열돼 보수공사가 계속 됐다'거나 '구내식당 내부의 타일이 떨어졌다'는 등의 얘기를 했다는 증언들이 이어졌다. 하지만 지진발전소에 대한 여론이 급격히 악화된 시기를 즈음해 갑자기 말조심을 하기 시작했다는 것이다. 이들을 직접 취재하기 위해 주변의 흥해 주민들을 통해 수소문했으나 끝내 연락이 닿지 않았다.

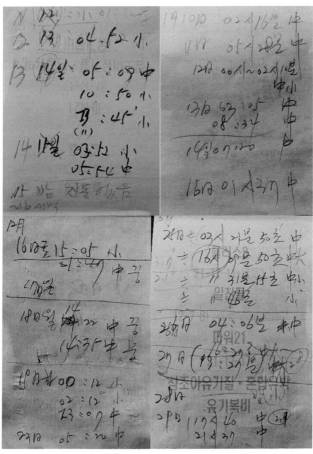

〈사진〉포항지열발전소와 600m 떨어진 곳에서 과수농사를 지으며 생활하는
박래근(61)씨의 유발지진 관련 굉음과 진동 메모

195

# 2월 6일 포항지진피해시민대회 안내문

## 포항시민 여러분, 우리 함께 모입시다
## 포항지진과 지열발전을 얘기해봅시다

"미세먼지는 주의보로 알리는데, 왜 포항 유발지진들은 숨겼을까요?"
"1월 24일, 〈여수-거문도 해역 규모 2.4 지진 발생〉, 이 뉴스 자막 보셨지요?"

2017년 11월 15일 포항강진은 우리 시민들의 마음과 재산에 엄청난 피해와 상처로 남아 있습니다. 삶이 파괴된 이웃들도 많습니다. 재산의 피해를 입지 않은 시민들도 침대만 조금 흔들려도 지진인가 하고 가슴을 쓸어내리는 트라우마에 시달리고 있습니다.

그런데 2016년 1월부터 2017년 9월까지 포항지열발전소가 시추공에 물을 주입하고 빼내는 시험가동을 하는 동안, 무려 63회의 유발지진이 발생했습니다. 규모 3.1도 있었고 2.0 이상만 10회였습니다. 그러나 포항시민 어느 누구도 그 어마어마한 사실을 까맣게 몰랐습니다. 산업통상자원부와 업체가 포항시민에게 철저히 숨겨왔던 것입니다. 지열발전소가 일으킨 유발지진에 대한 외국 사례들을 잘 알고 있는 그들이 포항시민을 속여왔던 것입니다. 이것은 이해할 수 없는 대사건입니다.

63회의 유발지진을 왜 그들은 포항시민들에게 숨겨왔던 것일까요? 그 책임을 묻겠다는 포항시민이 한자리에 모이려 합니다. 때마침 『포항지진과 지열발전』이라는 책이 나왔습니다. 이 책의 출판을 기념하면서 참석하신 모든 분에게 증정해 드리려 합니다. 그래서 **'포항지진과 지열발전' 출판기념·포항시민대회**를 개최하고, 여기서 유발지진 체험사례도 듣고, 문재인 대통령께 드리는 공개서한도 채택할 것입니다. 마침내 포항의 목소리를 전국의 메아리로 만들어 봅시다.

### '포항지진과 지열발전' 포항시민대회 준비위원회

---

### 행사 안내

- ·**때:** 2018년 **2월 6일(화)** 오후 **7시**부터
- ·**곳:** 흥해종합복지문화센터(※ 흥해로터리에 있습니다)
- ·**참가 회비:** 없음(※ 참석하신 분에게 책을 한 권씩 증정합니다)
- ·**참가 자격:** 관심 있는 포항시민
- ·**대표 인사:** 피해주민 대표 등 3인
- ·**저자 인사:** 임재현(전 경북매일신문 편집국장) — 〈이 책을 왜 써야 했는가?〉
- ·**유발지진 체험사례 발표**
- ·**특별강연:** 이대환(작가) — 〈지금, 포항시민은 무엇을 할 것인가?〉
- ·**문재인 대통령께 드리는 공개서한 채택**
- ·**사회:** 임해도(전 포항MBC 보도국장)

※ 행사장에는 주차장이 매우 협소하다는 점을 고려해 주십시오. 문의처: 010-4473-8667

# 2월 6일 시민대회 보도자료

63회 유발지진, 왜 산자부는 은폐했나?
문재인 대통령께 드리는 공개서한 채택
포항지열발전소의 유발지진 체험 사례 발표
『포항지진과 지열발전』 출판기념회도 함께 열려

지난 2월 6일 저녁 7시부터 흥해종합복지문화센터에서 강추위 속에 열린 '지진피해 포항시민대회'에 참석한 300여 피해주민들은 63회 유발지진 은폐에 대해 산업통상자원부는 엄중한 책임을 져야 하고 이제라도 공개사과를 해야 하며, 포항시는 유발지진 발생들을 정말 몰랐는지 아니면 알고 있으면서 덮어버렸는지에 대해 더 늦기 전에 공식 발표를 내놔야 하고, 그런 자료들이 존재한다는 것을 생각조차 못했던 포항의 두 국회의원은 이제라도 유발지진 은폐에 대한 국정조사 요구와 대정부질의에 나서야 한다"는 주장에 한목소리를 모았다.

언론인 임해도(전 포항문화방송 보도국장)씨가 사회를 맡아 『포항지진과 지열발전』 출판기념회를 겸한 이날 시민대회는 포항지진범시민대책위원회 공동대표 양승오 목사, 흥해한동맨션지진피해대책위원회 권기원 대표, 지진피해 이주민을 대표한 주부 어귀순 씨의 인사로 시작되어, 임재현 전 경북매일신문 편집국장이 '왜 나는 이 책을 써야 했는가?'라는 저자인사를 하고, 이어서 특별히 마련된 포항지열발전소 유발지진 체험 사례 발표가 있었다.

포항지진범시민대책위원회 김홍제 대변인은 자신이 직접 수합한 유발지진 체험 사례들을 알려주고, 포항지열발전소와 불과 600미터 떨어진 곳에서 과수농사를 지으며 기거하는 박래근 씨(61세)는 메모들을 근거로 유발지진 체험 사례들을 생생하게 들려주었다.

이 자리에서 박 씨는 "2015년 지열발전 착공 당시부터 2017년 11월 강진 발생 때까지 3년에 걸쳐 고통스레 시달려온 각종 굉음과 물소리와 진동을 '국가기간산업 건설'이라 해서 참아냈는데 지난해 11월 15일 진앙지 바로 위에서 끔찍한 강진을 겪고 나서는 그것들이 포항 강진에 대한 경종이었다는 사실을 뒤늦게야 깨닫게 되었다"고 털어놓았다. 또한, 과수원에서 대봉 감을 크기별로 구분하는 작업을 하는 중에 강진을 맞았던 당시에 대해 그는 "너무 두려워서 순간적으로 가까이 있는 감나무 가지를 붙잡고 버텨냈는데 30말 들어가는 거대한 물통들이 마치 강시처럼 상하로 급하게 쿵쿵 뛰는 장면을 목격했다"고 밝혔다. 이것은 포항 강진이 '직하형 지진'이었다는 결정적인 목격 증언이라 할 수 있다.

이대환 작가는 '지금, 포항시민은 무엇을 할 것인가?'라는 특별강연에서 "지금 포항시민이 가장 먼저 해야 할 일은 왜 산업통상자원부가, 우리의 정부기관이 63회 유발지진을 철저히 숨겨왔는가, 포항시는 그것을 몰랐는가, 알고도 덮어왔는가에 대하여 따져 묻고 확인하는 일이며, 그 결과에 따라 제2의 행동을 준비해야 한다."고 주장하고 "지금 피해주민들이 지열발전소와 포항지진의 연관성을 조사하라고 촉구하는것은 어차피 이루어질 일을 하루이틀 앞당기는 노력에 지나지 않으니 거기에만 매달리는 것은 투쟁이든 대화든 그 순서가 잘못되었다."라고 지적했다. 그리고 그는 준비위가 미리 마련한 '문재인 대통령께 드리는 지진피해 포항시민의 공개서한'을 낭독하고 참여시민의 의견 청취를 거쳐 공식적으로 채택했다.

　이 공개서한은 시민대회에 참여한 지진피해 포항시민 일동의 이름으로 7일 등기우편으로 발송된다.

# 문재인 대통령께 드리는 지진피해 포항시민의 공개서한과 청원

존경하는 문재인 대통령님께.

안녕하십니까?

영하 10도의 강추위 저녁에 '지진피해 포항시민' 300여 명이 포항 강진의 현상인 '흥해'복지문화센터에 모였습니다. 먼저, 포항 수험생과 학부모를 위해 수능시험을 연기해 주셨던 결단에 대하여 깊은 감사를 드리며, 평창겨울올림픽이 인류의 평화 스포츠 제전으로 빛나게 되기를 응원합니다.

오늘의 집회를 준비하는 과정에서 저희는 두 가지 의견을 모았습니다. 하나는 이번 기회에 지진피해의 충격과 고통에 시달리는 포항의 수험생과 학부모를 위해 전격적으로 수능시험을 연기해주셨던 대통령님께 심심한 감사의 말씀을 올려야 한다는 것이었고, 또 하나는 "우리의 집회가 전국적인 시각으로 보면 작지만 평창올림픽 기간에는 열지 않아야 국민의 기본예의에 맞다"는 것이었습니다. 이런 마음을 바탕으로 이 편지를 씁니다.

현재 '문재인 정부'가 꾸리고 있는 "포항지열발전소와 포항 강진의 연관성"에 대한 조사단이 2월말에는 활동을 시작할 것이라고 들었습니다. 그 조사단은 학문적 양심을 지키는 전문가들이 중심을 이룰 것이며 피해주민과의 원만한 소통 방안도 마련할 것으로 기대합니다.

그런데 저희는 '문재인 정부'가 포항 강진 직후에 긴급히 취해야 했던 하나의 '중대사'를 여전히 외면하고 있음을 대통령님께 직접 말씀드리지 않을 수 없습니다. 이는 2017년 11월 15일 규모 5.4 강진 이전에 발생했던 '포항지열발전소의 63회 유발지진'을 관계당국이 무려 2년 가까이 은폐해왔던 사실에 대해 정부가 오늘 이 시간까지도 아무런 조치를 취하지 않고 있다는 것입니다.

포항지열발전소가 2016년 1월부터 2017년 9월까지 시험한 지하 시추공 물 주입과 배출의 과정에서 무려 63회의 유발지진이 발생했다는 그 엄청난 사실들은 규모 5.4 강진이 터져 건국 이래 최대 지진피해를 일으킨 2017년 11월 15일 그날까지 포항시민 어느 누구도 모르게 철저히 은폐돼 왔습니다. 그중에는 규모 3.1도 있었고 규모 2.0 이상만 해도 10회였습니다. 규모 1.0 이하의 진동은 통계에 포함되지 않았음을 감안하면 포항지열발전소 근처(포항시 흥해읍)에서 얼마나 많은 미소진동이 발생했던가를 상상하기란 어렵지 않습니다. 여러 차례 유발지진이 이어진 그때는 나라가 격동의 시기도 아니었습니다. 박근혜 대통령 탄핵 1차 촛불집회는 2016년 10월 29일에 열렸던 것입니다.

그리고 63회 유발지진들에 대한 흥해 주민들의 침묵을 탓할 수도 없는 문제입니다. 미소진동들을 지진으로 체감하기도 어려웠거니와 2016년 9월 12일 경주 강진이 발생한 뒤부터는 지진의 느낌을 받아도 '경주 여진'이라 여겼기 때문입니다. 이는 오늘 저녁 저희 집회의 유발지진 체험 사례 발표를 통해서도 확인할 수 있었습니다. 특히 포항지열발전소와 600미터 떨어진 곳에서 과수농사를 지으며 기거하는 박래근 씨(61세)의 체험기는 생생하고 놀라운 이야기였습니다. 지열발전 착공 때부터 강진 발생 그날까지 3년에 걸쳐 각종 굉음과 물소리와 진동에 시달리면서도 "국가기간산업의 하나라기에 참아냈는데 강진이 터진 뒤에야 그것들이 경고였다는 것을 깨닫게 되었다"며 "강진 발생 앞에는 13일과 14일 심야에 마치 지붕에서 마당으로 거대한 바위가 떨어지는 것 같은 굉음들이 들려오더니, 수확한 대봉감을 크기별로 구분하고 있다가 강진을 만났을 때는 너무 두려워서 감나무 가지를 붙잡은 채로 30말 들어가는 큰 물통들이 강시처럼 위아래로 급하게 쿵쿵 뛰는 것을 목격했다"고 털어놓았습니다. 이분의 체험기는 유발지진들, 강진 전조, '포항 강진이 직하형 지진이어서 훨씬 더 피해가 심해졌다'는 진단 등에 대한 현장 증언이 아닐 수 없습니다.

포항 강진이 터지고 나서도 포항지열발전소의 63회 유발지진 발생 사실을 까맣게 몰랐던 포항시민이 그것을 알게 된 계기는, 포항과 인연이 없는 국민의당 윤영일 의원이 2017년 11월 28일 산업통상자원부로부터 관련 자료를 받아내 공개했을 때였습니다. 저희는 그 충격을 잊을 수 없습니다. 공무원이 어떻게 그 엄청난 사실들을 철저히 은폐해 왔단 말인가? 도저히 이해할 수 없었습니다. 2017년 4월 15일 발생한 규모 3.1지진도 '포항지열발전소 유발지진' 이라 공지되지 않았습니다.

산업통상자원부와 포항지열발전 업체 넥스지오는 처음에 유발지진이 몇 차례 발생한 시점에서 당연히 그것을 포항시민에게 공개하고 올바른 대책을 세우는 일에 돌입했어아 했습니다. 더구나 그들은 포항시민이 몰랐던 '스위스의 지열발전과 유발지진 및 주민피해 발생, 공사중단과 원상복구'를 비롯해 해외 사례들을 다 꿰차고 있었습니다. 그럼에도 불구하고 유발지진 발생을 철저히 숨기는 가운데 시험가동을 계속했고 유발지진은 계속 발생했습니다. 이 어찌 대형 참사를 불러들이기로 작정한 사람들이라고 비난하지 않을 수 있겠습니까?

제천과 밀양의 화재참사가 우리 국민과 정부를 비통하게 만들었습니다만, '포항지열발전소 63회 유발지진 은폐'에 대해 대통령님께서는 경악과 분노를 금할 수 있으십니까? 업체는 장사꾼이라 치더라도, 산업부 등 관계당국은 왜 그랬단 말입니까? 포항 강진 발생 후에도 천연덕스레 은폐해오다 국회의원의 요청에 그제야 마지못해 관련 자료를 내놓았으니, 이것은 직무유기를 넘어 국민기망(欺罔)이라 해야지 않겠습니까? 설령 그 과오를 약하게 다뤄서 '행정편의주의'와 '관료주의'라 규정하더라도, 이거야말로 우리나라의 밝은 미래를 위해 반드시 청산해야하는 '적폐'가 아니겠습니까?

대한민국 헌법 제7조 1항은 "공무원은 국민 전체에 대한 봉사자이며 국민에 대하여 책임을 진다"고 천명하고, 이에 근거해 관계당국은 태풍이나 산불 같은 공공적 위험에 대한 예방 공지에도 적극 나서고 있습니다. 그렇다면 국가정책으로 건설해온 포항지열발전소의 유발지진 발생에 대한 위험공지와 대책협의는 관계당국의 책무에서 제외될 수 있는 것입니까? 산업부의 은폐책임에 대한 경중을 재자면 '박근혜 정부'의 산업부 장관에게 훨씬 더 무거운 책임이 돌아가지만, 2017년 7월 21일 임명된 '문재인 정부'의 산업부 장관에게도 책임은 없지 않습니다.

이 편지를 드리는 저희도 포항시민으로서 책임을 통감하고 있습니다. 그것은 '지열발전과 유발지진'에 대해 제때 공부하지 않았던 '무지'에 대한 책임이며. 그 무지의 상태에서 지열발전소는 포항의 미래를 위해 '아주 좋은 산업'이라는 포항시의 홍보만 믿었던 '무관심'에 대한 책임입니다.

포항시는 포항지열발전소 현장관리 관청으로서 어떤 책임이 있을 것입니다. 포항시가 "포항지진과 포항지열발전소의 연관성 조사 결과에 문제가 나온다면, 강력한 법적 대응을 하겠다"고 밝혀놓았습니다만, 저희는 63회 유발지진 발생에 대해 포항시가 일반시민처럼 몰랐다고 한다면 그 '무능'에 대해 비판하고 진작부터 알았음에도 공지하지 않았다면 그 '직무유기'에 대해 책임을 묻겠습니다. 다만, 산업부가 관련 자료들을 남김없이 공개할 때까지는 정확한 판단을 유보할 수밖에 없습니다.

포항지열발전소는 청정에너지 생산이라는 좋은 뜻으로 출발했습니다. 그러나 좋은 뜻이 나쁜 결과를 낳을 수도 있습니다. 문제의 핵심은 그 과정 아니겠습니까? 포항지열발전소의 경우는, 해외 유사 사례들을 알고 있었음에도 '아주 나쁜 결과'에 대한 63회의 경종을 관계당국이 철저히 은폐했다는 그 과정의 불의(不義)를 묵과할 수 없습니다. 그 불의가 좋은 뜻을 비극적 파국으로 몰아갔습니다. 이제 좋은 뜻은 흔적도 없이 사라졌습니다. '이명박 정부'에서 "불행의 씨앗"이 뿌려졌고 '박근혜 정부'에서 "불행의 나무"로 자라났는데 '문재인 정부'도 그것을 "불행의 경고"로 보지 못했다는 원망만 남았습니다. 백운규 산업부 장관은 비록 늦게 알았더라도 2017년 8월에는 '유발지진' 자료들을 공개하고 주민참여의 숙의민주주의 마당을 마련했어야 옳지 않았겠습니까? 그리고 산업부가 보유한 관련 자료들은 더 이상 비밀의 비공개 문서로 존재해서는 안 된다고 생각합니다. 저희가 국회에 국정조사를 청원해야 하는 일은 아니지 않겠습니까?

존경하는 문재인 대통령님.

포항 강진은 아주 짧은 치열한 전쟁처럼 지나갔습니다. 그러나 고통과 피해는 전쟁과 마찬가지로 사회적인 동시에 개인적이고 가족적인 것으로 남아 있습니다. 삶이 파괴된 이웃들도 많습니다. 재산이나 신체의 피해를 당하지 않은 시민들도 침대만 조금 흔들려도 지진인가 하고 가슴을 쓸어내리는 트라우마에 시달리고 있습니다.

오늘 저희는 청원 여섯 가지로 편지를 마무리하겠습니다. 부디 대통령님께서 행정명령으로 이뤄주시기를 청원합니다.

첫째, 산업통상자원부가 포항지열발전소의 '63회 유발지진들'에 대한 모든 관련 자료들을 남김없이 즉각 포항시민들에게 공개하도록 해주십시오.

둘째, 스위스 등 해외 유사 사례들을 알았음에도 불구하고 포항지열발전소의 '63회 유발지진들'을 철저히 은폐해온 책임자와 관련자를 엄중히 문책해주시고, 그들이 이제라도 지진피해 주민들에게 진심으로 사과하도록 해주십시오.

셋째, 이러한 은폐와 기망이 다시는 우리나라 관청에서 일어나지 않도록 제도를 혁신해주십시오.

넷째, '포항 강진과 포항지열발전소의 연관성'에 대한 조사단의 활동은 한국 지질학의 발전을 위해서라도 정직하고 투명하게 실시해야 하겠습니다만. 그 결과는 '아주 높다'에서부터 '거의 없다'까지의 어느 지점에 머물 것으로 예단할 수 있고, 포항시민은 이미 지열발전을 재앙의 근원으로 믿고 있으니 포항지열발전소 공사를 영구 중단하고 하루빨리 시추공을 원상 복구하도록 해주십시오.

다섯째, 대통령님을 비롯해 국무총리님, 행안부 장관님께서 포항 지진피해 현장을 방문하셨을 때의 그 마음과 그 약속을 실천하시는 뜻에서도 피해복구 현황에 깊은 관심을 기울여주시고 더 적극적인 지원이 이뤄질 수 있도록 독려해주십시오.

여섯째, '63회 유발지진 은폐 실상과 포항 강진의 연관성'에 대한 조사를 기다릴 여유도 없이 공포심과 절망감에 휩싸여 흥해읍을 떠나가는 주민이 많다는 상황을 직시하셔서 국가정책으로 추진된 '지열발전소 프로젝트'를 대체할 21세기형 유망산업을 통치 차원에서 흥해읍에 우선적으로 보내주십시오.

수능연기 결정에 거듭 진심으로 감사를 드립니다. 그리고 평창겨울올림픽의 빛나는 성공과 함께, 수령 유일체제로 생존해나가는 평양 권력자가 북한 참여를 우리 정부에 엄청난 부담으로 되돌려주는 사단을 일으키지 않음으로써 부디 그것이 남북경색을 풀어나갈 실마리가 되고 더 나아가 '북한의 개방체제 연착륙'을 위한 첫 걸음이 되기를, 삼가 우리의 유장한 역사 앞에서 기원합니다.

늘 건강하십시오.


감사합니다.


2018년 2월 6일


'포항지진과 지열발전' 포항시민대회에 참여한
포항시민 일동 드림

# An Open Letter and Petition to President Moon Jae-in: Presented by the 'Victims of the Earthquake in Pohang City'

Dear Mr. President,

On this cold evening with temperature running 10 degrees below, about 300 of us earthquake victims of Pohang City have gathered here in 'Heunghae' Community Welfare Center located in the area hit by the severe earthquake. First of all, we would like to express our sincere gratitude for postponing the college scholastic ability test (su'neung), a decision made for the students and their parents living in Pohang. In addition, we wish from the bottom of our hearts that PyeongChang Winter Olympics will be the most successful sports festival celebrating the world peace.

While preparing for today's meeting, we have

reached agreement on two points: one, we should take this opportunity to convey to Mr. President our heartfelt appreciation of the decision to postpone the date of su'neung test for the sake of the student testees and their parents who were in serious shock and pain after the earthquake; the other, "although our meeting is local and relatively small in scale, it is our moral duty as Korean nationals not to convene the meeting during the period of PyeongChang Olympics." The present letter is written based on these two agreements.

We have heard that towards the end of February 2018, the task force currently being formed by 'Moon Administration' will begin its investigation into the "correlations between Pohang Geothermal Power Plant and the powerful earthquake that struck Pohang." We believe that the task force is mainly composed of the experts of scholastic and scientific integrity, who are also capable of running efficient communication channels with the earthquake victims.

Nevertheless, we are now compelled to express our concern about 'one crucial problem' that 'Moon Administration' should have dealt with right after the severe earthquake in November, and yet has been neglecting: the authorities concerned had covered up for as long as 2 years the '63 earthquakes presumed to be induced by Pohang Geothermal Power Plant' that had occurred even before the earthquake of magnitude 5.4 hit Pohang on November 15th 2017. Moreover, the present government has not taken any measures to investigate the cover-up.

There were as many as 63 earthquakes between January 2016 and September 2017, during which time Pohang Geothermal Power Plant experimented on pumping in and draining water through the underground boreholes. However, until the earthquake of magnitude 5.4 devastated Pohang on November 15th 2017, causing the worst earthquake damage throughout the history of the nation, the fact had been completely hidden from the citizens of Pohang. Among the 63 earthquakes were one of magnitude 3.1 and ten of magnitude over 2.0. Considering the fact that those of magnitude below 1.0 were not even included in the statistics, it is not hard to imagine just how many microseismic activities had occurred in the areas near Pohang Geothermal Power Plant, including Heunghae Town, Pohang City. The period of the series of earthquakes, presumed to be induced by the Plant construction and experimental operations, did not even coincide with the time of national turbulence in 2016, since the first Candlelight Vigil in support of the impeachment of then incumbent President Park Geun-hye was held on the 29th of October 2016.

The residents of Heunghae are not to blame for their silence as to the 63 induced earthquakes. The microseismic tremors were hard for them to experience as earthquakes. Furthermore, those tremors occurring after the severe earthquake in Kyong'ju on September

12th 2016 were considered by Heunghae residents as the 'aftershocks of Kyong'ju earthquake,' which has also been confirmed in today's meeting through the testimonies given by those who have experienced the induced earthquakes firsthand. Most vivid and alarming was the testimony given by Mr. Park Rae-geun, a 61-year-old fruit farmer whose orchard was located about 600 meters away from Pohang Geothermal Power Plant. Throughout the period of 3 years, starting from the groundbreaking of the construction of Geothermal Power Plant to the November earthquake, he had to endure all kinds of loud noises including those of water and earth tremors, but he "didn't complain because [he] had been told that it was one of the national key industries. Only after the severe earthquake, [he] realized that those noises and tremors were the warning signs." He went on to say: "Just before the severe earthquake, that is, on the nights of the 13th and 14th of November, [he] heard thundering noises as if gigantic rocks were falling off the roof onto the yard. On the 15th, [he] was sorting the persimmons by size when the severe earthquake hit the place. [He] was so scared that [he] grabbed onto the branches of a persimmon tree, while witnessing the large 30-mal-size (1 mal is about 18 liters) water containers on the ground were rapidly jumping up and down like jiangshi (meaning a 'frozen corpse in Chinese legend that jumps up and down on its feet')."

This testimony strongly supports such diagnoses as: "they were induced earthquakes," "they were the signs of upcoming severe earthquakes," and "the November earthquake in Pohang was vertical wave, therefore aggravating the devastation."

Even after the November earthquake, the citizens of Pohang were kept in the dark about the 63 earthquakes very likely induced by Pohang Geothermal Power Plant, until Congressman Yun Yong-il, a member of People's Party (Kuk'min-dang) who has no ties with Pohang City, released on November 28th 2017 the relevant material he had obtained from the Ministry of Trade, Industry and Energy. We will never be able to forget the shock we suffered at the time: How is it possible that public servants have completely covered up such formidable facts? It was simply beyond our comprehension. Even the earthquake of magnitude 3.1 that occurred on April 15th 2017 was not publicly announced as one induced by Pohang Geothermal Power Plant.

Both the Ministry of Trade, Industry and Energy (MTIE) and Nexgeo Inc., the enterprise providing engineering services for Pohang Geothermal Power Generation, should have informed the citizens of Pohang of the situation early on after a few induced earthquakes and immediately begun to take appropriate measures to solve the problems. Worst of all, they were well aware of the overseas precedents of the induced earthquake, including the 'geothermal power generation in Switzerland and the consequential earthquakes and damage suffered by the residents; the stoppage of the construction and efforts made to restore the site to its previous state.' Nevertheless, the MTIE and Nexgeo kept the problems secret and continued their experimental operations, even while the induced earthquakes kept occurring one after another. It is only natural to think of them as having been determined to let large-scale disasters happen.

The tragic fires in Je'chon and Mil'yang have filled the hearts of the people and the government with profound sadness. Then, is it not only natural that President Moon should be shocked and infuriated at 'Pohang Geothermal Power Plant's cover-up of the 63 induced earthquakes'? Putting aside Nexgeo as only a profit-seeking business, how can the decisions made by the MTIE and the other authorities concerned be possibly justified? Even after the severe earthquake in Pohang, they shamelessly kept their silence until they reluctantly released the relevant data at the congressman's request.

Is this not a deliberate act of deceiving the people, certainly far beyond a case of neglect of duty? Some might say that things of the kind have always been part of the administrative or bureaucratic expediency; nonetheless, is this not one of the deep-rooted evils that must be cleared away in order to make our nation a better place to live?

The Article 7, Paragraph 1 of the Constitution of the Republic of Korea stipulates that "public officials shall be servants of the people and shall be responsible to the people." Based on this, we believe, authorities concerned are actively making precautionary announcements informing the public of such dangers as typhoons, forest fires, etc. If so, the authorities concerned in the construction of Pohang Geothermal Power Plant which is part of the national policies cannot possibly be free from their duty to make precautionary public announcements and deliberations for problem-solving regarding the induced earthquakes.

It is true that the better part of the responsibility for the cover-up by the MTIE should go to the Minister in Park Geun-hye Administration; however, it is also true that the Minister in Moon Administration is not free of liability.

We as citizens of Pohang also feel responsible for failing to study in time the subject of 'geothermal power generation and induced earthquakes' as well as for blindly trusting Pohang City's advertisement of the geothermal power plant as a 'very promising industry' that would greatly benefit the city, without giving it a critical consideration.

Pohang City as a government office in charge of the construction site management must accept its share of liability. The City has made it clear that "according to the outcome of the investigation into the correlations between Pohang earthquake and Pohang Geothermal Power Plant, it will respond with strong legal measures." However, we will criticize the City's incompetency if it did not know, like the ordinary citizens, of the 63 induced earthquakes; and we will bring a charge of 'neglect of duty' against the City if it already knew but failed to announce it to the public. For now, however, we have no choice but to reserve our final decisions until the Ministry releases all of the relevant material to the public.

We know that Pohang Geothermal Power Plant set out with the good intention of creating clean energy. Nevertheless, we also know that good intentions may produce bad results. At the heart of the matter is the steps taken and decisions made in the course of carrying out the project and construction. In the case of Pohang Geothermal Power Plant, the authorities concerned already knew about the similar examples in other countries, and yet decided to completely cover up the 63 warnings against the "very bad results." It is this injustice that must not be overlooked; and this injustice is exactly what had led the good intention to the tragic end. Now, there are no traces of the good intention to be found. A seed of tragedy was sown during Yi Myong-bak Administration and it grew up to be a tree of tragedy in Park Geun-hye Administration. And now we resent Moon Administration's failure to see it as "a warning against a catastrophe." Even if Minister Baek Un-gyu (MTIE) was not informed of it immediately after assuming the office, he should have, at least by August 2017, released the material dealing with the 'induced earthquakes' to the public and provided a democratic forum for the residents to participate in. Further, we believe that the relevant material currently held by the Ministry must not remain classified any longer. We need help since we are not in a position to petition the Congress for an investigation of the national affairs.

Dear President Moon,

Pohang earthquake struck us like a brief yet fierce battle. However, the pain and damage left by the disaster are still with us, as in the aftermath of a war, affecting our social, familial, and personal lives. Many residents find their lives destroyed. Even those without financial or physical damage are suffering from traumatic symptoms, being startled out of sleep at the slightest shaking of their beds.

Today, we would like to conclude this letter with the following 6 items of petition. And we sincerely hope that President Moon grant our requests through administrative orders.

First, the Ministry of Trade, Industry and Energy should immediately release to the citizens of Pohang the entirety of the material related to the '63 earthquakes induced' by Pohang Geothermal Power Plant.

Second, those responsible for covering up the '63 earthquakes induced' by Pohang Geothermal Power Plant, despite their knowledge of the similar cases overseas, and the other interested parties should be sternly reprimanded and should sincerely apologize to the earthquake victims, belated as it may be.

Third, the present system must be reformed so that cover-ups and deceptions will never be repeated in the government offices of our nation.

Fourth, the investigation into the "correlations between the severe earthquake in Pohang and Pohang Geothermal Power Plant" should be conducted honestly and transparently, in fact, for the further development of the field of geology in Korea as well. The findings of the investigation are expected to be somewhere between 'highly likely' and 'almost no likelihood.' The citizens of Pohang firmly believe that geothermal power generation is a cause for disasters, and request that the construction of Pohang Geothermal Power Plant should be stopped for good and the boreholes should be restored to their original state.

Fifth, we understand that President Moon, Prime Minister, and Minster of the Interior and Safety, who visited the earthquake-damaged sites in Pohang, still remember the shock and pain suffered by the victims and the promises they made to help the victims. One way of keeping those promises is to pay close attention to the state of damage restoration and encourage those in charge to provide more active support.

Sixth, without waiting for the outcome of the investigation into the "correlations between the cover-up of the 63 induced earthquakes and the severe earthquake in Pohang," many residents are leaving Heunghae Town, overwhelmed by a sense of despair and fear. Faced with this situation, we earnestly hope that Heunghae Town will be chosen as the primary site for a promising industry of the 21st century that replaces 'the project of geothermal power plant' carried out as part of the national policies.

Once more, we would like to express our sincere gratitude for the decision to delay the su'neung test. We would also like to convey our earnest wish that PyeongChang Winter Olympics will be a great success.

Further, standing before the long history of our nation, we pray that the leadership in Pyongyang, which maintains its power through totalitarian despotism and personality cult, will not use the North Korean participation in the Olympics to place a great burden on our government and instead, will use it as an opportunity to resolve the deadlock between the South and the North, and simultaneously as a chance to take the first step towards 'North Korea's soft landing on an open system.'

We wish you good health.
Thank you.

February 6th 2018
Submitted by the citizens of Pohang participating in Pohang Citizens Rally: 'Pohang Earthquake and Geothermal Power Generation'

# 포항지진과 지열발전

| | |
|---|---|
| **발행일** | 2018년 1월 26일 초판 1쇄 발행 |
| | 2019년 5월 15일 개정증보판 3쇄 발행 |
| **펴낸이** | 김재범 |
| **펴낸곳** | (주)아시아 |
| **지은이** | 임재현 |
| **편집** | 김형욱 |
| **관리** | 강초민, 홍희표 |
| **출판등록** | 2006년 1월 27일 제406-2006-000004호 |
| **인쇄·제본** | 굿에그커뮤니케이션 |
| **종이** | 한솔 PNS |
| **디자인** | 나루기획 |

| | |
|---|---|
| **전화** | 02-821-5055 |
| **팩스** | 02-821-5057 |
| **주소** | 경기도 파주시 회동길 445(서울 사무소: 서울시 동작구 서달로 161-1 3층) |
| **이메일** | bookasia@hanmail.net |
| **홈페이지** | www.bookasia.org |
| **페이스북** | www.facebook.com/asiapublishers |

| | |
|---|---|
| **ISBN** | 979-11-5662-345-8 03800 |

## '왕의 책'이자 '책의 왕'인 『샤나메』
## 1200년에 걸쳐 왕과 영웅들이 펼치는
## 모험, 전쟁, 선과 악의 드라마

# 샤나메

SHAHNAMEH

شاهنامه

아시아클래식 005
아볼 카셈 피르다우시 지음 | 부희령 옮김
값 15,800원

'페르시아어의 아버지'라 불리는 아볼 카셈 피르다우시가 35여 년에 걸쳐 완성한 페르시아 문학의 영원한 고전이자 베스트셀러 『샤나메』. '왕의 책' 또는 '왕들의 책'이라는 뜻의 이 책은 창세부터 7세기 이슬람의 침입으로 멸망하기 전까지, 이란의 신화·전통·역사가 담겼다. 영웅, 사랑, 전쟁, 모험, 환상 등 다양하고 흥미진진한 이야기들이 쉴 새 없이 전개되는 바, 내용은 다이내믹해 지루함을 모른다.

『샤나메』는 페르시아 언어 세계에서 아이네이스 또는 일리아드와 상응하는 수준의 것으로 여겨진다.
- 유네스코 세계기록유산

이 작품으로 페르시아의 민족 서사시는 최종적이고 영원한 형식을 얻었다.
- 브리태니커 백과사전

『샤나메』는 페르시아 걸작으로, 오늘날에도 여전히 유의미하다.
- 월스트리트저널

『샤나메』는 페르시아 문학의 심장에 자리 잡았다.
- 이코노미스트

『샤나메』는 호머의 피에 젖은 서사시와 『실락원』 그리고 『신곡』과 많은 공통점을 가지고 있다.
- 뉴욕타임스

### 아시아 클래식

**백 개의 아시아1** _ 아시아 대표 이야기 100선
**라마야나** _ 라마 왕자의 모험
**샤나메** _ '왕의 책'이자 '책의 왕'
**꽃처럼 신화** _ 스토리텔링세계신화

**백 개의 아시아2** _ 아시아 대표 이야기 100선
**마하바라타** _ 위대한 바라타족 이야기
**알파미시** _ 중앙아시아 최고의 대서사시

한국 대표 시인을 총망라한 최초의 한영대역 시선
언제나 머리맡에 두고 읽고 싶은 한국 시의 정수
# 〈K-포엣〉 시리즈

## 백석 시선

백석 | 피터 립택 옮김
아시아 출판사 | 8,500원

세상에 단 하나뿐인 한영대역 한국 대표 시선을 표방한다. 시간이 흘러도 명작으로 손꼽힐 한국 시들은 시대의 삶을 재생시킨다. 삶의 보편적·특수적 문제들에 대한 통찰도 담고 있다. 세계문학의 장에 참여하고 있는 이 시들은 한국 독자뿐만 아니라 세계 독자들에게도 널리 읽히려 세계문학으로 발돋움할 것이다.

국내외 독자들이 깊이 공감하며 호흡할 수 있는 한국 시의 정수를 담고 있는 〈K-포엣〉. 한국의 역사와 문화, 한국인의 삶을 내밀하게 포착하여 각 시대의 언어와 문화를 한눈에 보여주어 세계인들에게 문학 한류의 지속적인 힘과 가능성을 입증하는 시리즈가 되리라 본다.

\* 한국을 대표하는 시인의 시 20편을 모아, 해설과 코멘트를 곁들여 한영대역으로 총 100권을 출간할 예정이다.